Die Märchen von Beedle dem Barden

© J. P. Masclet 2007

Joanne K. Rowling wollte schon immer Schriftstellerin werden. Bereits mit sechs Jahren schrieb sie ihre erste Geschichte, über ein Kaninchen, das an Masern erkrankt. Die Idee zu »Harry Potter« kam Joanne K. Rowling 1990 auf einer Zugfahrt. In den nächsten fünf Jahren skizzierte sie die Handlung aller sieben Bände und schrieb dann »Harry Potter und der Stein der Weisen«. 1996 fand sie einen Verleger und die zauberhafte Erfolgsgeschichte nahm ihren Lauf.
»Die Märchen von Beedle dem Barden« ist das erste Buch, das Joanne K. Rowling nach Abschluss der Harry-Potter-Bände veröffentlicht hat. Alle Honorare dieses Projekts gehen an die Wohltätigkeitsorganisation »Children's High Level Group«, die sich für die Rechte von Kindern in ganz Europa einsetzt.

Joanne K. Rowling

Die Märchen von Beedle dem Barden

Aus den ursprünglichen Runen übertragen
von Hermine Granger und
aus dem Englischen übersetzt
von Klaus Fritz

children's
HIGH LEVEL GROUP

CARLSEN

Alles über Harry Potter

Harry Potter und der Stein der Weisen

Harry Potter und die Kammer des Schreckens

Harry Potter und der Gefangene von Askaban

Harry Potter und der Feuerkelch

Harry Potter und der Orden des Phönix

Harry Potter und der Halbblutprinz

Harry Potter und die Heiligtümer des Todes

www.carlsen-harrypotter.de

FSC
Mix
Produktgruppe aus vorbildlich
bewirtschafteten Wäldern und
anderen kontrollierten Herkünften

Zert.-Nr. SGS-COC-1940
www.fsc.org
© 1996 Forest Stewardship Council

Veröffentlicht im Carlsen Verlag, Hamburg 2008, 2009
November 2009

Originalverlag: Children's High Level Group, London, in Zusammenarbeit
mit Bloomsbury Publishing Plc, London 2008
Originaltitel: »The Tales of Beedle the Bard«

Umschlagbild: Joanne K. Rowling
Umschlaggestaltung: formlabor
Corporate Design Taschenbuch: Dörte Dosse
Druck und Bindung: GGP Media GmbH, Pößneck
ISBN: 978-3-551-35940-7
Printed in Germany

www.chlg.org
www.carlsen-harrypotter.de

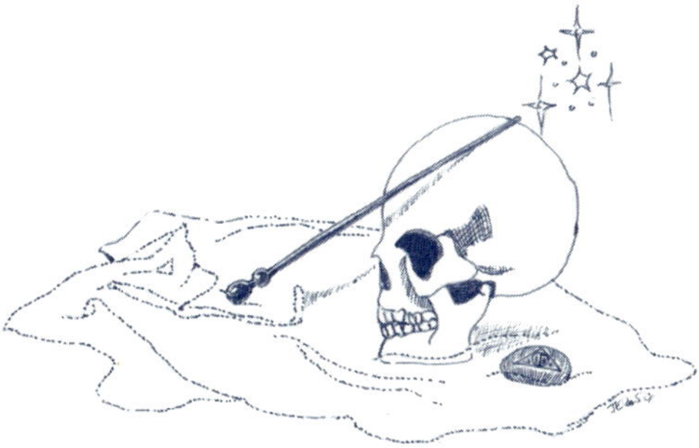

Inhalt

Einleitung

Die Märchen von Beedle dem Barden sind eine Sammlung von Geschichten, die für junge Zauberer und Hexen geschrieben wurden. Sie werden seit Jahrhunderten gerne zur Schlafenszeit vorgelesen, weshalb der hüpfende Topf und der Brunnen des wahren Glücks vielen Hogwarts-Schülern genauso vertraut sind wie Aschenputtel und Dornröschen den (nichtmagischen) Muggelkindern.

Beedles Geschichten ähneln unseren Märchen in vieler Hinsicht; so wird Tugend meistens belohnt und Bosheit bestraft. Allerdings gibt es einen ganz deutlichen Unterschied. In den Muggelmärchen ist Zauberei oft die Ursache für die Leiden des Helden oder der Heldin – die böse Hexe hat den Apfel vergiftet, die Prinzessin in einen hundertjährigen Schlaf versetzt oder den Prinzen in ein scheußliches Tier verwandelt. In den *Märchen von Beedle dem Barden* dagegen treffen wir auf Helden und Heldinnen, die selbst zaubern können und denen es dennoch ebenso schwerfällt wie uns, ihre Probleme zu lösen. Beedles Geschichten haben Generationen von Eltern in der magischen Welt geholfen, ihren kleinen Kindern diese schmerzliche Lebenstatsache zu erklären: Magie verursacht genauso viele Schwierigkeiten, wie sie beseitigt.

Ein anderer bemerkenswerter Unterschied zwischen diesen und den entsprechenden Muggelmärchen besteht darin, dass Beedles Hexen viel tatkräftiger ihr Glück suchen als unsere Märchenheldinnen. Asha, Altheda, Amata und Babbitty Rabbitty sind allesamt Hexen, die ihr Schicksal lieber selbst in die Hand nehmen, als ein ausgedehntes Nickerchen zu machen oder darauf zu warten, dass ihnen irgendjemand einen verlorenen Schuh zurückbringt. Die Ausnahme von dieser Regel – die namenlose junge Frau aus »Des Hexers haariges Herz« – verhält sich schon eher so, wie wir uns eine Märchenprinzessin vorstellen, doch am Ende ihrer Geschichte steht kein glückliches »und wenn sie nicht gestorben sind, dann leben sie noch heute«.

Beedle der Barde lebte im fünfzehnten Jahrhundert und sein Leben ist nach wie vor weitgehend von Geheimnissen umwittert. Wir wissen, dass er in Yorkshire geboren wurde, und der einzige noch erhalten gebliebene Holzschnitt zeigt, dass er einen außergewöhnlich üppigen Bart trug. Wenn seine Geschichten genau seine Ansichten widerspiegeln, muss er durchaus Zuneigung für Muggel empfunden haben, die er nicht für boshaft, sondern eher für ungebildet hielt; er misstraute der schwarzen Magie, und er glaubte, dass die schlimmsten Exzesse der Zaubererschaft allzu menschlichen Charakterzügen entsprangen, der Grausamkeit, der Gleichgültigkeit oder dem Missbrauch ihrer Talente aus Überheblichkeit. Die Helden und Heldinnen, die in seinen Geschichten den Sieg davontragen, sind nicht die mit den stärksten magischen Kräften, sondern eher diejenigen, die besonders viel

Güte, gesunden Menschenverstand und Einfallsreichtum an den Tag legen.

Ein Zauberer unserer Zeit mit ganz ähnlichen Auffassungen war natürlich Professor Albus Percival Wulfric Brian Dumbledore, Orden des Merlin (Erster Klasse), Leiter der Hogwarts-Schule für Hexerei und Zauberei, Ganz hohes Tier der Internationalen Zauberervereinigung und Großmeister des Zaubergamots. Trotz dieser ähnlichen Weltsicht war es eine Überraschung, als man unter den zahlreichen Schriftstücken, die Dumbledore dem Archiv von Hogwarts hinterließ, eine Reihe von Anmerkungen zu den *Märchen von Beedle dem Barden* entdeckte. Ob er diese Kommentare zu seinem eigenen Vergnügen geschrieben hat oder im Hinblick auf eine künftige Veröffentlichung, werden wir nie erfahren; doch Professor Minerva McGonagall, die derzeitige Schulleiterin von Hogwarts, hat uns freundlicherweise die Erlaubnis erteilt, Professor Dumbledores Anmerkungen hier abzudrucken, neben einer brandneuen Übersetzung der Märchen von Hermine Granger. Wir hoffen, dass Professor Dumbledores Erkenntnisse, die Beobachtungen zur Geschichte der Zauberei, persönliche Erinnerungen und erhellende Ausführungen zu den wesentlichen Elementen jeder einzelnen Geschichte enthalten, einer neuen Lesergeneration aus der magischen wie aus der Muggelwelt helfen werden, *Die Märchen von Beedle dem Barden* angemessen zu würdigen. Alle, die ihn persönlich kannten, sind überzeugt davon, dass Professor Dumbledore dieses Projekt begeistert unterstützt hätte, in Anbetracht der Tatsache, dass sämtliche Honorare der »Children's High Level Group« gespendet werden sollen, einer Wohltätigkeitsorganisation für Kinder, die dringend eine Stimme brauchen.

Eine kleine zusätzliche Erläuterung zu Professor Dumbledores Anmerkungen scheint durchaus angebracht. Soweit wir wissen, wurden die Anmerkungen etwa anderthalb Jahre vor den tragischen Ereignissen oben auf dem Astronomieturm von Hogwarts fertiggestellt. Wer mit der Geschichte des jüngsten Zaubererkrieges vertraut ist (zum Beispiel jeder, der alle sieben Bände über das Leben von Harry Potter gelesen hat), wird merken, dass Professor Dumbledore etwas weniger verrät, als er über die letzte Geschichte in diesem Buch weiß – oder vermutet. Der Grund für ein mögliches Versäumnis liegt vielleicht in dem, was Dumbledore vor vielen Jahren zu seinem liebsten und berühmtesten Schüler über die Wahrheit gesagt hat:

> *»Sie ist etwas Schönes und Schreckliches und sollte daher mit großer Umsicht behandelt werden.«*

Ob wir ihm zustimmen oder nicht, vielleicht können wir Professor Dumbledore verzeihen, dass er künftige Leser vor den Versuchungen schützen wollte, denen er selbst zum Opfer fiel und für die er einen so schrecklichen Preis bezahlt hat.

Joanne K. Rowling, 2008

Eine Anmerkung zu den Fußnoten

Professor Dumbledore schrieb offensichtlich für ein Zaubererpublikum, deshalb habe ich hin und wieder eine Erläuterung zu einem Wort oder einer Tatsache eingefügt, die für Muggelleser möglicherweise erklärungsbedürftig sind.

JKR

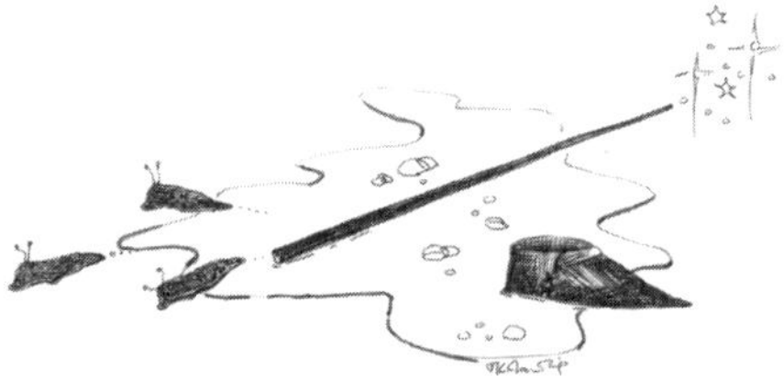

1

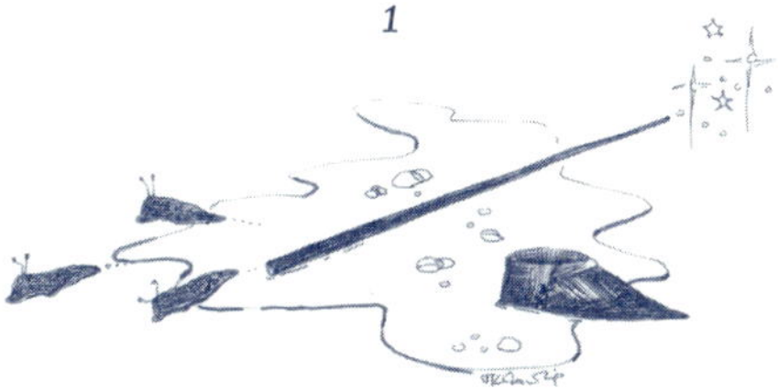

Der Zauberer und der hüpfende Topf

Es war einmal ein gütiger alter Zauberer, der seine magischen Kräfte großzügig und weise zum Wohle seiner Nächsten gebrauchte. Den wahren Ursprung seiner Macht offenbarte er nicht, vielmehr tat er so, als würden seine Tränke, Zaubersprüche und Gegengifte gebrauchsfertig aus dem kleinen Kessel springen, den er seinen Glückskochtopf nannte. Die Menschen kamen mit ihren Sorgen meilenweit von überall her zu dem Zauberer, und er rührte mit

Vergnügen in seinem Topf und richtete die Dinge wieder.

Dieser vielgeliebte Zauberer erreichte ein beträchtliches Alter, dann starb er und hinterließ all sein Hab und Gut seinem einzigen Sohn. Dieser Sohn war von ganz anderer Wesensart als sein sanftmütiger Vater. Wer nicht zaubern konnte, war seiner Meinung nach wertlos, und er hatte oft über seines Vaters Gepflogenheit geklagt, den Nachbarn magische Hilfe zu leisten.

Nach dem Tod des Vaters fand der Sohn, verborgen in dem alten Kochtopf, ein kleines Bündel, das seinen Namen trug. In der Hoffnung auf Gold öffnete er es, doch er fand stattdessen einen weichen, dicken Pantoffel darin, viel zu klein, um ihn zu tragen, und ohne den dazugehörigen zweiten. Auf einem Stück Pergament in dem Pantoffel standen die Worte: »In der kühnen Hoffnung, dass du ihn nie brauchen wirst, mein Sohn«.

Der Sohn verfluchte den altersschwachen Geist

seines Vaters, dann warf er den Pantoffel in den Kessel zurück und beschloss, diesen fortan als Kehrichteimer zu verwenden.

In derselben Nacht klopfte eine Bauersfrau an die Haustür.

»Meine Enkeltochter ist von zahlreichen Warzen geplagt, Herr«, sagte sie. »Euer Vater hat früher immer einen heilenden Brei in diesem alten Kochtopf angerührt –«

»Scher dich fort!«, schrie der Sohn. »Was kümmern mich die Warzen von deinem Gör?«

Und er schlug der Alten die Tür vor der Nase zu.

Sogleich war aus der Küche ein lautes Klirren und Klappern zu hören. Der Zauberer entzündete seinen Zauberstab und öffnete die Tür, und da sah er zu seinem Erstaunen den alten Kochtopf seines Vaters: Ihm war ein einzelner Fuß aus Messing gewachsen, und er hüpfte mitten auf dem Boden auf und ab und machte einen schrecklichen Lärm auf den Steinfliesen. Verwundert trat der Zauberer näher, wich jedoch hastig zurück, als er sah, dass der Topf über und über mit Warzen bedeckt war.

»Ekelhaftes Ding!«, schrie er und versuchte zunächst, den Topf verschwinden zu lassen, dann, ihn durch einen Zauber zu reinigen, und schließlich, ihn aus dem Haus zu treiben. Doch keiner von seinen Zaubern wirkte, und er konnte nicht verhindern, dass der Topf hinter ihm herhüpfte, als er die Küche verließ, und ihm dann hinauffolgte bis zu seinem Bett, wobei er auf jeder der hölzernen Stufen laut klirrte und klapperte.

Der Zauberer fand die ganze Nacht lang keinen Schlaf, da der warzige alte Topf neben seinem Bett klapperte, und am nächsten Morgen bestand der Topf darauf, ihm zum Frühstückstisch hinterherzuhüpfen. *Klirr, klirr, klirr,* machte der Topf mit dem Messingfuß, und der Zauberer hatte seinen Haferbrei noch nicht einmal angerührt, als es abermals an der Tür klopfte.

Ein alter Mann stand davor.

»Meine alte Eselin, Herr«, sagte er. »Die hat sich

verlaufen oder ist gestohlen worden, und ohne sie kann ich meine Ware nicht zum Markt bringen, und meine Familie wird heute Abend Hunger leiden.«

»Und ich bin jetzt hungrig!«, brüllte der Zauberer und schlug dem alten Mann die Tür vor der Nase zu.

Klirr, klirr, klirr, machte der einzelne Messingfuß des Kochtopfs auf dem Boden, doch nun vermischte sich sein Lärm mit Eselsgeschrei und dem Stöhnen von hungrigen Menschen, das aus den Tiefen des Topfes heraufhallte.

»Bleib stehen. Sei still!«, kreischte der Zauberer, aber all seine magischen Kräfte konnten den warzigen Topf nicht zum Verstummen bringen, der ihm den ganzen Tag hüpfend auf den Fersen blieb und schrie und stöhnte und klirrte, wohin der Zauberer auch ging und was er auch tat.

An jenem Abend klopfte es ein drittes Mal an der Tür, und auf der Schwelle stand eine junge Frau, die schluchzte, als wollte ihr das Herz brechen.

»Mein kleines Kind ist schwer krank«, sagte sie.

»Helft uns doch bitte! Euer Vater hieß mich kommen, wenn ich Sorgen hätte –«

Aber der Zauberer schlug ihr die Tür vor der Nase zu.

Und nun füllte sich der lästige Topf bis zum Rand mit salzigem Wasser und verschüttete Tränen über den ganzen Boden, während er hüpfte und schrie und stöhnte und ihm noch mehr Warzen wuchsen.

Obgleich für den Rest der Woche keine Dorfbewohner mehr kamen, um im Haus des Zauberers Hilfe zu suchen, kündete der Topf ihm von ihren zahlreichen Leiden. Nach wenigen Tagen schrie er nicht mehr nur und stöhnte und schwappte über und hüpfte und bekam Warzen, sondern er röchelte auch und würgte, weinte wie ein kleines Kind, winselte wie ein Hund und spie ranzigen Käse aus und saure Milch und eine Plage hungriger Schnecken.

Mit dem Topf an seiner Seite konnte der Zauberer nicht essen und nicht schlafen, doch der Topf wollte nicht weggehen, und der Zauberer konnte ihn

nicht zum Schweigen bringen oder ihn zwingen stillzustehen.

Schließlich konnte es der Zauberer nicht mehr länger ertragen.

»Bringt all eure Kümmernisse, all eure Beschwerden und eure Leiden zu mir!«, schrie er und floh in die Nacht hinaus, während der Topf hinter ihm her den Weg zum Dorf entlanghüpfte. »Kommt! Ich will euch heilen, euch zusammenflicken und euch trösten! Ich habe den Kochtopf meines Vaters und ich werde euch gesund machen!«

Und während der widerliche Topf immer noch hinter ihm hersprang, rannte er die Straße entlang und schickte Zauber in alle Richtungen.

In einem Haus verschwanden die Warzen des kleinen Mädchens, während es schlief; die verirrte Eselin wurde von einem fernen dornigen Feld herbeigezaubert und sanft in ihrem Stall abgesetzt; der kranke Säugling wurde in Diptam getaucht und erwachte gesund und rosig. In jedem Haus, wo Krankheit und Sorge herrschte, tat der Zauberer sein Bestes, und mit der Zeit hörte der Kochtopf neben ihm auf zu stöhnen und zu würgen und wurde still, blank und sauber.

»Nun, Topf?«, fragte der zitternde Zauberer, als die Sonne allmählich aufging.

Der Topf spie mit einem Rülpser den einzelnen Pantoffel aus, den der Zauberer in ihn hineingeworfen hatte, und ließ es zu, dass er ihn über den Messingfuß zog. Gemeinsam machten sie sich wieder auf den Weg zum Haus des Zauberers, der Topf nun endlich gedämpften Schrittes. Doch von diesem Tag an half der

Zauberer den Dorfbewohnern, wie es vor ihm sein Vater getan hatte, damit der Topf nicht seinen Pantoffel abwarf und abermals zu hüpfen begann.

Albus Dumbledore zu
»Der Zauberer und der hüpfende Topf«

Ein gütiger alter Zauberer beschließt, seinem hartherzigen Sohn eine Lektion zu erteilen, indem er ihm eine Kostprobe vom Leid der ortsansässigen Muggel gibt. Das Gewissen des jungen Zauberers erwacht, und er erklärt sich bereit, seine Zauberkraft zum Wohle seiner nichtmagischen Mitmenschen einzusetzen. Ein einfaches und herzerwärmendes Märchen, könnte man meinen – und würde sich damit als naiver Einfaltspinsel zu erkennen geben. Eine muggelfreundliche Geschichte, die einen den Muggeln wohlgesinnten Vater zeigt, der seinem Sohn, einem Muggelhasser, in magischen Dingen überlegen ist? Es ist geradezu verblüffend, dass überhaupt Exemplare der ursprünglichen Version dieses Märchens die Flammen überlebt haben, denen sie so oft übergeben wurden.

Beedle stand nicht ganz im Einklang mit seiner Zeit, als er eine Botschaft von brüderlicher Liebe zu den Muggeln predigte. Die Verfolgung von Hexen und Zauberern nahm im frühen fünfzehnten Jahrhundert in ganz Europa an Heftigkeit zu. In der magischen Gemeinschaft waren viele aus gutem Grund der Auffassung, dass ein Angebot, das kränkliche Schwein des Nachbarmuggels mit einem Zauber zu belegen, so viel bedeutete, wie freiwillig das Feuerholz für den eigenen Scheiterhaufen zu sammeln.[1]

1 Es stimmt natürlich, dass echte Hexen und Zauberer ziemlich geschickt darin waren, dem Brandpfahl, dem Schafott oder dem Galgenstrick zu entkommen (siehe meine Anmerkungen zu Lisette de Lapin im Kommentar zu »Babbitty Rabbitty und der gackernde Baumstumpf«). Doch es gab tatsächlich einige Todesfälle: Sir Nicholas de Mimsy-Porpington (zeit seines Lebens ein Zauberer am königlichen Hof und zeit seines Todes Gespenst im Gryffindor-Turm) wurde der Zauberstab weggenommen, ehe man ihn in ein Verlies einschloss, und er war nicht in der Lage, sich auf magische Weise vor seiner Hinrichtung zu retten; und Zaubererfamilien verloren besonders häufig jüngere Angehörige, da diese ihre Zauberkräfte nicht beherrschen konnten und so den Hexenjägern der Muggel auf- und zum Opfer fielen.

»Sollen die Muggel doch ohne uns zurechtkommen!«, lautete die Parole, während sich die Zauberer immer weiter von ihren nichtmagischen Brüdern zurückzogen, eine Entwicklung, die mit dem Inkrafttreten des Internationalen Abkommens zur Geheimhaltung der Magie im Jahre 1689 ihren Höhepunkt erreichte, als die Zaubererschaft freiwillig in den Untergrund ging.

Da Kinder nun einmal sind, wie sie sind, hatte sich aber der seltsame hüpfende Topf in ihrer Vorstellungswelt eingenistet. Die Rettung bestand darin, die muggelfreundliche Moral über Bord zu werfen, den warzigen Kessel jedoch beizubehalten, so dass Mitte des sechzehnten Jahrhunderts eine andere Version des Märchens unter Zaubererfamilien weit verbreitet war. In der revidierten Fassung schützt der hüpfende Topf einen unschuldigen Zauberer vor seinen fackeltragenden und mistgabelschwingenden Nachbarn, indem er sie vom Haus des Zauberers verscheucht, einfängt und mit Haut und Haaren verschlingt. Am Ende der Geschichte, als der Topf schon die meisten seiner

Nachbarn aufgefressen hat, geben die wenigen übrig gebliebenen Dorfbewohner dem Zauberer das Versprechen, dass sie ihn künftig in Frieden seine Magie betreiben lassen werden. Dafür befiehlt der Zauberer dem Topf, seine Opfer wieder auszuspucken, die er dann ordnungsgemäß und leicht entstellt aus seinen Tiefen hervorwürgt. Bis zum heutigen Tag bekommen manche Zaubererkinder von ihren (in der Regel muggelfeindlichen) Eltern nur die revidierte Fassung der Geschichte erzählt, und falls sie das Original dann jemals lesen sollten, ist es eine große Überraschung für sie.

Wie ich jedoch bereits angedeutet habe, war der muggelfreundliche Gedanke darin nicht der einzige Grund, weshalb »Der Zauberer und der hüpfende Topf« Zorn erregte. Als die Hexenverfolgungen immer blutrünstiger wurden, begannen Zaubererfamilien, ein Doppelleben zu führen und sich selbst und ihre Angehörigen mit Hilfe von Verbergungszaubern zu schützen. Im siebzehnten Jahrhundert wurden alle

Hexen und Zauberer, die sich dafür entschieden, mit Muggeln freundschaftlichen Umgang zu pflegen, in ihrer eigenen Gemeinschaft zu Verdächtigen, ja sogar zu Geächteten. Zu den vielen Beleidigungen, die man muggelfreundlichen Hexen und Zauberern an den Kopf warf (derlei saftige Schimpfwörter wie »Schlammsuhler«, »Dunglutscher« und »Speichellecker« stammen aus dieser Zeit), gehörte auch der Vorwurf, schwache oder minderwertige magische Kräfte zu besitzen.

Einflussreiche zeitgenössische Zauberer wie zum Beispiel Brutus Malfoy, Herausgeber des *Magischen Kriegers,* einer muggelfeindlichen Zeitschrift, festigten das Klischee, dass ein Muggelfreund ungefähr genauso magisch sei wie ein Squib[2]. Im Jahr 1675 schrieb Brutus:

2 [Ein Squib ist eine Person, die magische Eltern hat, aber keine magischen Kräfte besitzt. Das kommt selten vor. Hexen und Zauberer, die von Muggeln abstammen, gibt es viel häufiger. JKR]

Dies können wir mit Gewissheit feststellen: Ein jeglicher Zauberer, welcher der Gesellschaft der Muggel Zuneigung entgegenbringt, ist von niederem Intellekt, mit derart schwachen und erbärmlichen magischen Fähigkeiten, dass er sich nur im Kreise von Muggelschweinehirten überlegen fühlen kann.

Nichts ist ein untrüglicheres Zeichen für mindere Magie als eine Schwäche für nichtmagische Gesellschaft.

Dieses Vorurteil verflüchtigte sich irgendwann angesichts der erdrückenden Beweise, dass manche der hervorragendsten Zauberer der Welt[3], um den gängigen Ausdruck zu verwenden, »Muggelfreunde« waren.

Der letzte Einwand gegen »Der Zauberer und der hüpfende Topf« ist auch heute noch in bestimmten Kreisen geläufig. Er wurde wohl am besten von Bea-

3 Wie ich selbst.

trix Bloxam (1794–1910) auf den Punkt gebracht, der Autorin der berüchtigten *Märchen von den Giftpilzen.* Mrs Bloxam glaubte, dass *Die Märchen von Beedle dem Barden* schädlich für Kinder seien, weil sie sich, wie sie es ausdrückte, »auf ungesunde Weise mit den fürchterlichsten Themen beschäftigen, wie zum Beispiel Tod, Krankheit, Blutvergießen, böser Magie, verderbten Charakteren und körperlichen Ergüssen und Ausschlägen der widerlichsten Art«. Mrs Bloxam nahm sich verschiedene alte Geschichten vor, darunter einige von Beedle, und schrieb sie nach ihren Idealvorstellungen um, die ihren Worten zufolge darin bestanden, »den reinen Geist unserer kleinen Engel mit gesunden, frohen Gedanken anzufüllen, ihren süßen Schlummer vor bösen Träumen zu bewahren und die wertvolle Blume ihrer Unschuld zu beschützen«.

Der letzte Abschnitt von Mrs Bloxams reiner und wertvoller Umarbeitung von »Der Zauberer und der hüpfende Topf« lautet:

Dann tanzte das goldene Töpflein vor Vergnügen – hoppedihoppedihopp! – auf seinen winzigen rosigen Zehen! Klein Willispatz hatte alle Püppchen von ihren schlimmen Wehwehchen geheilt, und das Töpflein war so glücklich, dass es sich mit Süßigkeiten für Klein Willispatz und die Püppchen füllte!

»Aber vergiss nicht, deine Zähnlein zu putzen!«, rief der Topf.

Und Klein Willispatz küsste und knuddelte den Hoppeditopf und versprach, den Püppchen immer zu helfen und nie mehr ein alter Grummelwummel zu sein.

Mrs Bloxams Märchen löste bei Generationen von Zaubererkindern die gleiche Reaktion aus: unkontrolliertes Würgen, gefolgt von einem unmittelbaren Verlangen, dass man ihnen das Buch abnehmen und es zu Brei zerstampfen möge.

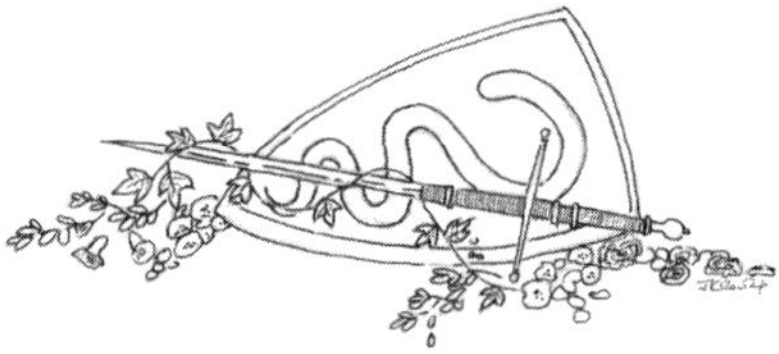

2

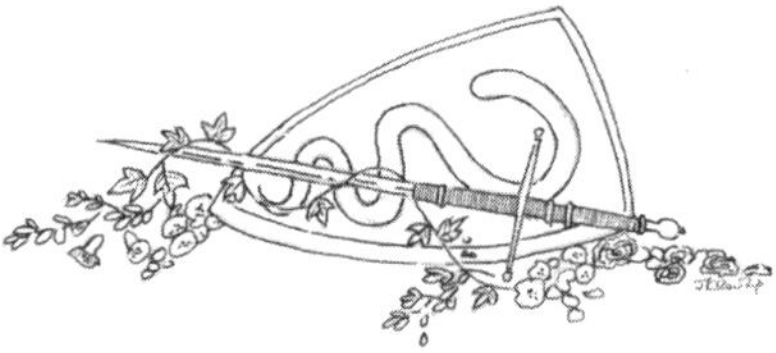

Der Brunnen des wahren Glücks

Hoch auf einem Hügel in einem verzauberten Garten, umgeben von hohen Mauern und geschützt durch starke Magie, sprudelte der Brunnen des wahren Glücks.

Einmal im Jahr, am längsten Tag, zwischen der Stunde des Sonnenaufgangs und der des Sonnenuntergangs, bekam ein einziger Unglücklicher die Möglichkeit, sich bis zu dem Brunnen durchzukämpfen, in seinem Wasser zu baden und für immer wahres Glück zu empfangen.

Am festgesetzten Tag reisten Hunderte von Menschen aus dem ganzen Königreich herbei, um noch vor der Morgendämmerung zu den Mauern des Gartens zu gelangen. Männer und Frauen, Reich und Arm, Jung und Alt, mit magischer Kraft und ohne, alle versammelten sich in der Dunkelheit, ein jeder in der Hoffnung, derjenige zu sein, dem der Zugang zum Garten gewährt werde.

Drei Hexen, von denen jede ihre kummervolle Bürde zu tragen hatte, begegneten sich am Rand des Gedränges und erzählten einander von ihrem Leid, während sie auf den Sonnenaufgang warteten.

Die erste, mit Namen Asha, litt an einer Krankheit, der kein Heiler abhelfen konnte. Sie hoffte, dass der Brunnen sie von ihren Beschwerden befreien und ihr ein langes und glückliches Leben bescheren werde.

Der zweiten, mit Namen Altheda, hatte ein böser Zauberer ihr Haus, ihr Gold und ihren Zauberstab geraubt. Sie hoffte, dass der Brunnen sie von ihrer Ohnmacht und ihrer Armut erlösen werde.

Die dritte, mit Namen Amata, war von einem Mann verlassen worden, den sie innigst liebte, und glaubte, ihr Herz wäre auf ewig gebrochen. Sie hoffte, dass der Brunnen sie von ihrem Kummer und ihrer Sehnsucht erlösen werde.

Die drei Frauen bedauerten einander und vereinbarten, dass sie sich, sollte ihnen das Glück widerfahren, zusammentun und versuchen würden, den Brunnen gemeinsam zu erreichen.

Der erste Sonnenstrahl riss den Himmel auf und in der Mauer öffnete sich ein Spalt. Die Menschenmasse schob sich vorwärts, und jeder Einzelne bekundete mit lautem Geschrei seinen Anspruch auf den Segen des Brunnens. Aus dem Garten hinter der Mauer krochen Schlingpflanzen durch die andrängende Menge und wanden sich um die erste Hexe, Asha. Sie packte die zweite Hexe, Altheda, am Handgelenk, die sich ihrerseits fest an den Umhang der dritten Hexe klammerte, Amata.

Und Amata verfing sich in der Rüstung eines Ritters, der trostlos aussah und auf einem knochendürren Pferd saß.

Die Schlingpflanzen zerrten die drei Hexen durch den Spalt in der Mauer, und der Ritter wurde von seinem Ross und hinter ihnen hergezogen.

Die wütenden Schreie der enttäuschten Menge stiegen in die Morgenluft empor und verstummten schließlich, als die Gartenmauern sich wieder versiegelten.

Asha und Altheda zürnten mit Amata, die versehentlich den Ritter mitgebracht hatte.

»Nur eine kann in dem Brunnen baden! Es wird schwer genug sein, zu entscheiden, welche von uns das sein soll, da brauchen wir nicht noch einen!«

Sir Luckless, wie der Ritter in dem Land draußen vor den Mauern genannt wurde, bemerkte nun, dass dies Hexen waren, und weil er weder magische Kräfte besaß noch sonderlich großes Talent im Lanzenstechen oder im Schwertkampf noch sonst irgendetwas, das den nichtmagischen Mann auszeichnete, war er sich sicher, dass für ihn keine Hoffnung bestand, die drei Frauen auf dem Weg zum Brunnen zu überflügeln. Er erklärte deshalb, dass er sich wieder nach draußen vor die Mauern zurückziehen wolle.

Da wurde auch Amata zornig.

»Feigling!«, schalt sie ihn. »Zieht Euer Schwert, Ritter, und helft uns, unser Ziel zu erreichen!«

Und so wagten sich die drei Hexen und der traurige Ritter in den verzauberten Garten hinein, wo zu beiden Seiten der sonnenbeschienenen Wege seltene Kräuter, Früchte und Blumen in Hülle und Fülle wuchsen. Sie begegneten keinem Hindernis, bis sie den Rand des Hügels erreichten, auf dem der Brunnen stand.

Dort jedoch, um den Fuß des Hügels geschlungen, befand sich ein riesiger weißer Wurm, aufgebläht und blind. Als sie sich näherten, wandte er ihnen sein abscheuliches Gesicht zu und sprach die folgenden Worte:

Gebt mir den Beweis eures Leids.

Sir Luckless zog sein Schwert und versuchte das Ungeheuer zu töten, doch seine Klinge zerbrach. Darauf bewarf Altheda den Wurm mit Steinen, während Asha und Amata jeden Zauber ausprobierten, der ihn gefügig machen oder in einen tiefen Schlaf versetzen könnte, doch die Macht ihrer Zauberstäbe bewirkte nicht mehr als die Steine ihrer Freundin oder der Stahl des Ritters: Der Wurm ließ sie nicht vorbei.

Die Sonne stieg immer höher am Firmament, und in ihrer Verzweiflung begann Asha zu weinen.

Da legte der große Wurm sein Gesicht auf ihres und trank die Tränen von ihren Wangen. Als sein Durst gestillt war, glitt der Wurm beiseite und verschwand in einem Loch in der Erde.

Hocherfreut über das Verschwinden des Wurms begannen die drei Hexen und der Ritter den Hügel zu erklimmen, davon überzeugt, dass sie den Brunnen vor dem Mittag erreichen würden. Auf halbem Weg den steilen Abhang hinauf stießen sie jedoch auf eine Inschrift, die in die Erde vor ihnen eingefurcht war.

Gebt mir die Früchte eurer Mühen.

Sir Luckless zog seine einzige Münze hervor und legte sie auf den grasigen Hügel, aber sie kullerte davon und war verloren. Die drei Hexen und der Ritter setzten ihren Aufstieg fort, doch obwohl sie noch stundenlang weitergingen, kamen sie keinen Schritt voran; der Gipfel rückte nicht näher, und die Inschrift lag immer noch in der Erde vor ihnen.

Alle hatten den Mut verloren, als die Sonne über ihre Köpfe stieg und gegen den fernen Horizont zu sinken begann, doch Altheda schritt schneller und kräftiger aus als die anderen und ermahnte sie, ihrem Beispiel zu folgen, obgleich sie keinen Schritt weiter den verzauberten Hügel hinaufgelangte.

»Nur Mut, Freunde, und gebt nicht auf!«, rief sie und wischte sich den Schweiß von der Stirn.

Als die Tropfen glitzernd zur Erde fielen, verschwand die Inschrift, die ihren Weg versperrte, und sie sahen, dass sie weiter hinaufklettern konnten.

Voll Freude darüber, dass dieses zweite Hindernis beseitigt war, eilten sie, so schnell sie konnten, auf den Gipfel zu, bis sie endlich den Brunnen erblickten, der wie ein Kristall an einem idyllischen Platz zwischen Blumen und Bäumen glitzerte.

Ehe sie zu ihm gelangen konnten, kamen sie jedoch an einen Bach, der um die Hügelkuppe herumfloss und sie am Weitergehen hinderte. In den Tiefen des klaren Wassers lag ein glatter Stein, auf dem die Worte standen:

Gebt mir den Schatz eurer Vergangenheit.

Sir Luckless wollte den Bach auf seinem Schild überqueren, doch der ging unter. Die drei Hexen zogen ihn aus dem Wasser, dann versuchten sie selbst über das Flüsschen zu springen, doch es wollte sie nicht hinüberlassen, und währenddessen sank die Sonne immer tiefer am Himmel.

So fingen sie an, über die Bedeutung der steinernen Botschaft nachzugrübeln, und Amata war die Erste, die sie verstand. Sie nahm ihren Zauberstab, zog alle Erinnerungen an glückliche Zeiten aus ihrem Kopf, die sie mit ihrem verschwundenen Liebhaber verbracht hatte, und warf sie in die reißende Strömung. Der Bach spülte sie davon, Trittsteine tauchten auf, und die drei Hexen und der Ritter konnten endlich zum Gipfel des Hügels weitergehen.

Der Brunnen schimmerte vor ihnen, inmitten von Kräutern und Blumen, die seltener und schöner waren als alle, die sie je gesehen hatten. Der Himmel brannte rubinrot, und es war an der Zeit, zu entscheiden, wer von ihnen das Bad nehmen sollte.

Ehe sie jedoch ihre Entscheidung treffen konnten, stürzte die zarte Asha zu Boden. Erschöpft von ihrem mühseligen Weg hinauf zum Gipfel, war sie dem Sterben nahe.

Ihre drei Gefährten wollten sie schon zum Brunnen tragen, doch Asha litt Todesqualen und flehte, sie sollten sie nicht anrühren.

Da machte sich Altheda eilends daran, alle Kräuter zu pflücken, die ihr besonders viel versprechend erschienen, mischte sie in Sir Luckless' Wassergurde und flößte Asha den Trank ein.

Sogleich konnte Asha sich erheben. Und mehr noch, alle Anzeichen ihrer furchtbaren Krankheit waren verschwunden.

»Ich bin geheilt!«, rief sie. »Ich brauche den Brunnen nicht – lasst Altheda baden!«

Doch Altheda war damit beschäftigt, noch mehr Kräuter in ihrer Schürze zu sammeln.

»Wenn ich diese Krankheit heilen kann, dann werde ich reichlich Gold verdienen! Lasst Amata baden!«

Sir Luckless verneigte sich und winkte Amata zum Brunnen, doch sie schüttelte den Kopf. Der Bach hatte allen Schmerz über ihren Liebsten fortgeschwemmt, und sie sah jetzt, dass er grausam und treulos gewesen war und dass es nur Glück war, ihn los zu sein.

»Guter Herr, Ihr müsst baden, als Lohn für all Eure Ritterlichkeit!«, sprach sie zu Sir Luckless.

Also trat der Ritter in den letzten Strahlen der untergehenden Sonne klirrend vor und badete im Brunnen des wahren Glücks, erstaunt darüber, dass er der Auserwählte aus Hunderten war, und schwindelig ob seines unfassbaren Geschicks.

Als die Sonne am Horizont versank, stieg Sir Luckless im Glanz seines Triumphes aus dem Wasser und warf sich in seiner rostigen Rüstung Amata zu Füßen, der liebsten und schönsten Frau, die er je erblickt hatte. Erhitzt von seinem Erfolg, bat er um ihre Hand und ihr Herz, und Amata, nicht weniger entzückt, erkannte, dass sie einen Mann gefunden hatte, der ihrer würdig war.

Die drei Hexen und der Ritter machten sich, Arm in Arm, gemeinsam auf den Weg den Hügel hinab, und alle vier lebten lange und glücklich, und keiner von ihnen erfuhr oder argwöhnte jemals, dass auf den Wassern des Brunnens gar kein Zauber lag.

Albus Dumbledore zu »Der Brunnen des wahren Glücks«

»Der Brunnen des wahren Glücks« begeistert seit Jahrhunderten, und zwar so sehr, dass er Gegenstand des einzigen Versuches war, der Weihnachtsfeier von Hogwarts ein Märchenspiel hinzuzufügen.

Unser damaliger Kräuterkundelehrer, Professor Herbert Beery[1], ein enthusiastischer Anhänger des Laientheaters, schlug eine Bearbeitung dieses allseits beliebten Kindermärchens als weihnachtlichen Leckerbissen für Lehrer und Schüler vor. Ich war damals ein junger Lehrer für Verwandlung, und Herbert beauftragte mich mit den »Spezialeffekten«, was un-

1 Professor Beery verließ Hogwarts irgendwann, um an der M.A.S. (der Magischen Akademie für Schauspielkunst) zu unterrichten, und behielt, wie er mir einmal gestand, immer eine heftige Abneigung gegen Inszenierungen gerade dieser Geschichte, da er glaubte, sie bringe Unglück.

ter anderem hieß, dass ich einen voll funktionsfähigen Brunnen des wahren Glücks und einen Miniaturgrashügel beschaffen sollte, auf den unsere drei Heldinnen und der Held scheinbar hinaufsteigen würden, während er langsam in die Bühne hinabsank und aus dem Blickfeld verschwand.

Ich darf sicher ohne Eitelkeit sagen, dass sowohl mein Brunnen als auch mein Hügel die ihnen zugewiesenen Rollen mit schlichter Bereitwilligkeit spielten. Leider konnte man dies vom Rest des Ensembles nicht behaupten. Sehen wir zunächst ab von den Mätzchen des riesigen »Wurms«, den unser Lehrer für die Pflege magischer Geschöpfe, Professor Silvanus Kettleburn, zur Verfügung gestellt hatte, so erwies sich der menschliche Faktor als verheerend für die Aufführung. Professor Beery nahm in seiner Rolle als Regisseur gefährlicherweise das Gefühlschaos nicht wahr, das direkt vor seiner Nase tobte. Er hatte keine Ahnung davon, dass die Schüler, die Amata und Sir Luckless spielten, eine Stunde ehe der Vorhang sich hob, noch ein Pärchen gewesen waren, dass just dann jedoch »Sir Luckless« seine Zuneigung auf »Asha« übertrug.

Es genügt wohl, zu erwähnen, dass unsere Sucher nach dem wahren Glück den Gipfel des Hügels nie erreichten. Der Vorhang war kaum hochgegangen, als Professor Kettleburns »Wurm« – der sich nun als eine »Aschwinderin«[2] offenbarte, auf der ein Schwellzauber lag – in einem Schauer aus heißen Funken und Staub explodierte, worauf sich die Große Halle mit Rauch und Bruchstücken der Kulisse füllte. Während die riesigen glühenden Eier, die der Wurm am Fuße meines Hügels gelegt hatte, die Dielen in Flammen aufgehen ließen, gingen »Amata« und »Asha« aufeinander los und duellierten sich so heftig, dass Professor Beery ins Kreuzfeuer geriet und Lehrer die Halle räumen mussten, da das nun auf der Bühne wütende

2 In *Phantastische Tierwesen und wo sie zu finden sind* gibt es eine maßgebliche Beschreibung dieses merkwürdigen Tiers. Es sollte niemals vorsätzlich in einen Raum mit Holzvertäfelung gebracht und auch nicht mit einem Schwellzauber versehen werden.

Inferno auf den ganzen Saal überzugreifen drohte. Die heitere Abendveranstaltung endete mit einem brechend vollen Krankenflügel; es dauerte einige Monate, bis die Große Halle ihren beißenden Geruch von Holzqualm verloren hatte, und noch länger, bis Professor Beerys Kopf wieder seine normalen Proportionen angenommen hatte und Professor Kettleburns Probezeit beendet wurde.[3] Schulleiter Armando Dippet erließ ein generelles Verbot künftiger Märchenspiele, eine stolze theaterfreie Tradition, die Hogwarts bis zum heutigen Tage fortführt.

Ungeachtet unseres dramatischen Fiaskos ist »Der Brunnen des wahren Glücks« das wohl populärste von

3 Professor Kettleburn überlebte nicht weniger als zweiundsechzig Probezeiten während seiner Anstellung als Lehrer für die Pflege magischer Geschöpfe. Sein Verhältnis zu meinem Vorgänger in Hogwarts, Professor Dippet, war immer gespannt, da Professor Dippet ihn für ein wenig leichtsinnig hielt. Als ich Schulleiter wurde, war Professor Kettleburn jedoch erheblich zurückhaltender geworden, auch wenn es immer Leute gab, die die zynische Ansicht vertraten, dass er mit den anderthalb Gliedmaßen, die ihm von seinen ursprünglichen noch übrig geblieben waren, gezwungen gewesen sei, die Dinge etwas ruhiger angehen zu lassen.

Beedles Märchen, obwohl es genau wie »Der Zauberer und der hüpfende Topf« seine Kritiker hat. Nicht wenige Eltern verlangten, dass dieses spezielle Märchen aus der Bibliothek von Hogwarts entfernt werde, darunter, wie es der Zufall will, auch ein Nachkomme von Brutus Malfoy und ehemaliges Mitglied des Schulbeirats von Hogwarts, Mr Lucius Malfoy. Mr Malfoy brachte seine Forderung nach einem Verbot der Geschichte schriftlich vor:

> *Jedes fiktionale oder nichtfiktionale Werk, das die Vermischung von Zauberern und Muggeln beschreibt, sollte von den Bücherregalen von Hogwarts verbannt werden. Ich wünsche nicht, dass mein Sohn dahingehend beeinflusst wird, dass er die Reinheit seiner Abstammung besudelt, indem er Geschichten liest, die eine Ehe zwischen Zauberern und Muggeln propagieren.*

Meine Weigerung, das Buch aus der Bibliothek zu entfernen, wurde von der Mehrheit des Schulbeirats unterstützt. Ich schrieb Mr Malfoy zurück und erläuterte meine Entscheidung:

> *So genannte reinblütige Familien erhalten ihre angebliche Reinheit aufrecht, indem sie Muggel oder Muggelstämmige in ihrem Stammbaum verleugnen, verbannen oder vertuschen. Dann versuchen sie, uns Übrigen ihre Scheinheiligkeit aufzudrängen, indem sie von uns verlangen, Werke zu verbieten, die sich mit den Wahrheiten auseinandersetzen, die sie abstreiten. Es existieren heute keine Hexen oder Zauberer mehr, deren Blut nicht mit Muggelblut vermischt ist, und ich würde es deshalb nicht nur für unlogisch, sondern auch für unmoralisch halten, Werke zu diesem Thema aus dem Wissensschatz für unsere Schüler zu entfernen.*[4]

4 Meine Antwort veranlasste Mr Malfoy zu mehreren weiteren Briefen, da sie jedoch hauptsächlich aus Schmähungen gegen meine geistige Gesundheit, meine familiäre Herkunft und meine Körperhygiene bestanden, ist ihre Bedeutung für diesen Kommentar zu vernachlässigen.

Dieser Briefwechsel markierte den Beginn von Mr Malfoys langer Kampagne, mich meines Amtes als Schulleiter von Hogwarts zu entheben, und meiner eigenen Kampagne, ihn seiner Stellung als Lord Voldemorts bevorzugter Todesser zu entheben.

3

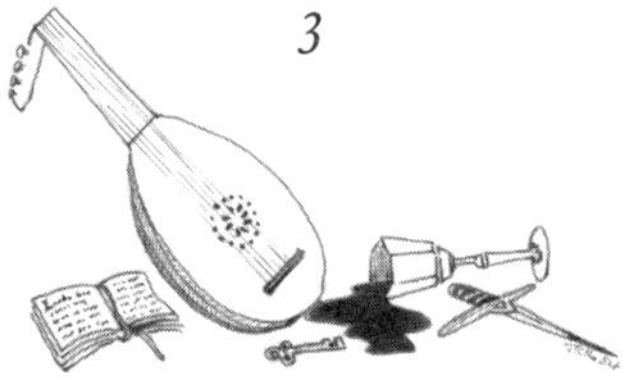

Des Hexers haariges Herz

Es war einmal ein schöner, reicher und begabter junger Hexer, der beobachtete, dass seine Freunde sich töricht verhielten, sobald sie sich verliebten, dass sie umherhüpften und sich herausputzten, dass sie ihren Appetit und ihre Würde verloren. Der junge Hexer beschloss, niemals einer solchen Schwäche zum Opfer zu fallen, und mit Hilfe der dunklen Künste sorgte er dafür, dass er dagegen gefeit war.

Die Familie des Hexers wusste nichts von seinem

Geheimnis und lachte, als sie ihn so zurückhaltend und kühl sah.

»Das wird sich alles ändern«, prophezeiten sie, »wenn ein junges Mädchen ihm den Kopf verdreht!«

Aber niemand rührte am Kopf des jungen Hexers. Zwar gab es viele Frauen, die sein stolzes Gebaren reizte und ihm mit höchst raffinierter List zu gefallen suchten, doch keiner gelang es, sein Herz zu bewegen. Der Hexer schwelgte in seinem Gleichmut und in der Klugheit, mit der er ihn geschaffen hatte.

Die erste jugendliche Frische schwand, und die Altersgenossen des Hexers begannen zu heiraten und dann Kinder zur Welt zu bringen.

»Ihre Herzen müssen leere Hülsen sein«, spottete er insgeheim, während er die Possen der jungen Eltern um sich herum beobachtete, »die Forderungen dieser wimmernden Kinder haben sie ausdörren lassen!«

Und noch einmal beglückwünschte er sich zu der Weisheit seiner frühen Entscheidung.

Zur rechten Zeit starben die greisen Eltern des

Hexers. Ihr Sohn trauerte nicht um sie; im Gegenteil, er schätzte sich glücklich ob ihres Todes. Nun herrschte er allein über ihr Schloss. Nachdem er seinen größten Schatz in das tiefste Verlies gebracht hatte, widmete er sich einem Leben voller Bequemlichkeit und Überfluss, mit vielen Dienstboten, die nur sein Wohlergehen im Sinn hatten.

Der Hexer war sich sicher, dass er den grenzenlosen Neid aller erwecken müsse, die seiner großartigen und ungestörten Einsamkeit gewahr wurden. Bitter war daher sein Zorn und sein Verdruss, als er eines Tages zufällig hörte, wie zwei seiner Lakaien sich über ihren Herrn unterhielten.

Der erste Diener bekundete Mitleid mit dem Hexer, der trotz all seines Reichtums und all seiner Macht von niemandem geliebt wurde.

Doch sein Gefährte lachte höhnisch und fragte, weshalb denn ein Mann, der so viel Gold und ein prachtvolles Schloss sein Eigen nenne, unfähig gewesen sei, eine Frau für sich zu gewinnen.

Die Worte der Diener trafen den lauschenden Hexer fürchterlich in seinem Stolz.

Er beschloss auf der Stelle, eine Frau zu heiraten, und zwar eine Frau, die allen anderen überlegen sein würde. Sie würde von verblüffender Schönheit sein, Neid und Begehren eines jeden Mannes entfachen, der sie erblickte; sie würde von magischer Abstammung sein, so dass ihre Nachkommen hervorragende magische Talente erben würden; und sie würde mindestens so reich sein wie er selbst, damit sein behagliches Leben trotz der Erweiterung seines Haushalts gesichert wäre.

Es hätte den Hexer fünfzig Jahre kosten können, eine solche Frau zu finden, doch zufällig kam an ebendem Tag, da er beschlossen hatte, sie aufzuspüren, eine junge Frau, die genau seinen Wünschen entsprach, in die Gegend, um ihre Verwandten zu besuchen.

Sie war eine Hexe von erstaunlichem Geschick und besaß viel Gold. Ihre Schönheit war so groß, dass sie das Herz eines jeden Mannes rührte, dessen Blick auf sie fiel; eines jeden Mannes, das heißt mit einer Ausnahme. Das Herz des Hexers empfand überhaupt nichts. Dennoch war sie die Trophäe, die er suchte, und er begann, ihr den Hof zu machen.

Alle, die das veränderte Benehmen des Hexers bemerkten, waren erstaunt und sagten zu dem Mädchen, dass sie dort gesiegt habe, wo hundert andere gescheitert waren.

Die junge Frau selbst war hingerissen und abgestoßen zugleich von dem Werben des Hexers. Sie spürte die Kälte, die hinter seinen warmen Schmeicheleien lag, und sie hatte noch nie einen so merkwürdigen und unnahbaren Mann getroffen. Ihre Verwandten hielten die beiden jedoch für ein vollkommenes Paar, und in ihrem Eifer, sie zu unterstützen, nahmen sie die Einladung des Hexers zu einem großen Fest zu Ehren der Jungfrau an.

Die Tafel war vollbeladen mit Silber und Gold und trug die edelsten Weine und üppigsten Speisen. Spielleute klimperten auf den seidenen Saiten ihrer Lauten und besangen eine Liebe, die ihr Herr nie empfunden hatte. Die junge Frau saß auf einem Thron neben dem Hexer, der mit leiser Stimme sprach und zärtliche Worte verwendete, die er den Dichtern gestohlen hatte, nicht ahnend, was sie in Wahrheit bedeuteten.

Die junge Frau lauschte verwirrt und antwortete schließlich: »Ihr sprecht gut, Hexer, und ich wäre über Euer Werben hocherfreut, wenn ich nur glauben könnte, dass Ihr ein Herz habt!«

Der Hexer lächelte und sagte, dass sie in dieser Hinsicht keine Furcht hegen müsse. Er bat sie, ihm zu folgen, und führte sie fort von dem Fest und hinunter zu dem abgeschlossenen Verlies, wo er seinen größten Schatz aufbewahrte.

Hier, in einem verzauberten Kristallkasten, befand sich das pochende Herz des Hexers.

Seit langem schon von Augen, Ohren und Fingern abgetrennt, war es nie der Schönheit zum Opfer gefallen oder einer wohlklingenden Stimme oder der Empfindung von seidenweicher Haut. Die Jungfrau war entsetzt über seinen Anblick, denn das Herz war vertrocknet und mit langen schwarzen Haaren bedeckt.

»Oh, was habt Ihr getan?«, klagte sie. »Steckt es dorthin zurück, wo es hingehört, ich flehe Euch an!«

Der Hexer sah, dass dies unumgänglich war, wenn er ihr gefallen wollte, und er zog seinen Zauberstab, öffnete den Kristallkasten, schnitt sich die eigene Brust auf und setzte das haarige Herz wieder in die leere Höhlung, die es einst bewohnt hatte.

»Nun seid Ihr geheilt und werdet wahre Liebe erfahren!«, rief die Jungfrau und sie umarmte ihn.

Die Berührung ihrer weichen weißen Arme, der Klang ihres Atems in seinem Ohr, der Duft ihres schweren goldenen Haares: All dies durchbohrte das neuerwachte Herz wie Speere. Doch es war im Laufe seiner langen Verbannung sonderbar geworden, blind und grausam in der Dunkelheit, zu der es verdammt worden war, und seine Gelüste waren nun übermächtig und verderbt.

Die Festgäste hatten die Abwesenheit ihres Gastgebers und der jungen Frau bemerkt. Anfangs kümmerte es sie nicht, doch als die Stunden vergingen, wurde ihnen bange, und schließlich begannen sie das Schloss zu durchsuchen.

Am Ende fanden sie das Verlies und dort erwartete sie ein äußerst schrecklicher Anblick.

Die Jungfrau lag tot am Boden, mit aufgeschlitzter Brust, und neben ihr kauerte der wahnsinnige Hexer, in der einen blutigen Hand ein großes, glattes, glänzendes scharlachrotes Herz, das er leckte und streichelte, während er schwor, sein eigenes dafür einzutauschen.

In der anderen Hand hielt er seinen Zauberstab und versuchte, das ausgedörrte haarige Herz aus seiner eigenen Brust hervorzulocken. Doch das haarige Herz war stärker als er und weigerte sich, die Gewalt über seine Sinne aufzugeben oder in den Sarg zurückzukehren, wo es so lange eingeschlossen gewesen war.

Vor den entsetzten Augen seiner Gäste warf der Hexer seinen Zauberstab beiseite und packte einen silbernen Dolch. Mit dem Schwur, sich niemals von seinem Herzen beherrschen zu lassen, hackte er es aus seiner Brust heraus.

Einen Augenblick lang saß der Hexer triumphierend auf den Knien, ein Herz fest in jeder Hand; dann fiel er über den Leichnam des Mädchens und starb.

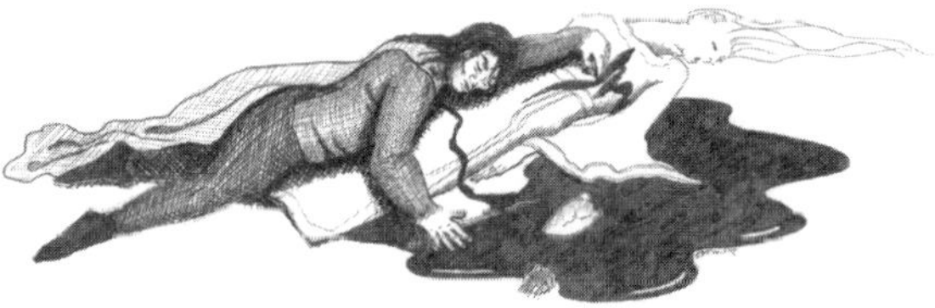

Albus Dumbledore zu »Des Hexers haariges Herz«

Wie wir bereits gesehen haben, lösten die ersten beiden Märchen von Beedle Kritik aus, weil es darin um Großzügigkeit, Toleranz und Liebe ging. »Des Hexers haariges Herz« jedoch scheint in den Hunderten von Jahren, seit es erstmals niedergeschrieben wurde, nicht verändert oder groß kritisiert worden zu sein; die Geschichte, wie ich sie eines Tages in der ursprünglichen Runenschrift las, entsprach fast genau derjenigen, die meine Mutter mir erzählt hatte. Dies vorausgeschickt, ist »Des Hexers haariges Herz« bei weitem die grauenvollste von Beedles Darbringungen, und viele Eltern erzählen sie ihren Kindern erst dann, wenn sie diese für alt genug halten, um keine Alpträume zu bekommen.[1]

Warum hat dieses grausige Märchen dann überlebt? Ich würde behaupten, dass »Des Hexers haariges Herz« die Jahrhunderte unversehrt überstanden hat, weil es von den dunklen Abgründen in uns allen handelt. Es befasst sich mit einer der größten und am seltensten eingestandenen Verlockungen der Magie: dem Streben nach Unverwundbarkeit.

Natürlich ist ein solches Streben nicht mehr oder weniger als eine törichte Wunschvorstellung. Kein Mensch auf der ganzen Welt, ob Mann oder Frau, mit

1 Ihrem eigenen Tagebuch zufolge erholte sich Beatrix Bloxam nie davon, mitbekommen zu haben, wie ihre Tante diese Geschichte ihren älteren Cousins und Cousinen erzählte. »Rein zufällig geriet mein Öhrchen an das Schlüsselloch. Ich kann es mir nur so erklären, dass ich vor Entsetzen gelähmt gewesen sein muss, denn versehentlich hörte ich die ganze ekelhafte Geschichte, ganz zu schweigen von den grässlichen Einzelheiten der furchtbar unappetitlichen Sache mit meinem Onkel Nobby, der hiesigen Sabberhexe und einem Sack Springender Knollen. Der Schock brachte mich fast um; ich lag eine Woche lang im Bett und war so schwer traumatisiert, dass ich die Angewohnheit annahm, jede Nacht schlafwandelnd zu besagtem Schlüsselloch zurückzukehren, bis endlich mein lieber Papa, dem nur mein Wohlergehen am Herzen lag, meine Tür zur Schlafenszeit mit einem Klebefluch belegte.« Offenbar sah Beatrix keine Möglichkeit, »Des Hexers haariges Herz« empfindsamen Kinderohren anzupassen, da sie diese Geschichte nie für *Die Märchen von den Giftpilzen* überarbeitete.

Zauberkraft oder ohne, blieb jemals von jeglicher Art der Verletzung verschont, ob körperlich, geistig oder emotional. Zu verletzen ist so menschlich, wie zu atmen. Dennoch scheinen wir Zauberer in besonderem Maße der Idee verfallen zu sein, dass wir das Wesen unserer Existenz willkürlich verbiegen können. Der junge Hexer[2] in dieser Geschichte kommt beispielsweise zu dem Schluss, dass es seine Behaglichkeit und seine Sicherheit beeinträchtigen würde, wenn er sich verliebte. Für ihn ist die Liebe eine Demütigung, eine Schwäche, eine Belastung des Ge-

2 [Der Begriff »warlock« (im Dt. »Hexer« oder »Hexenmeister«) ist sehr alt. Obwohl er in manchen Fällen mit »wizard« (»Zauberer«) austauschbar ist, bezeichnete er ursprünglich einen Menschen, der im Duell und allen Kriegszaubern bewandert war. Er wurde auch als Ehrentitel an Zauberer verliehen, die kühne Taten vollbracht hatten, ähnlich wie Muggel manchmal für tapfere Handlungen zum Ritter geschlagen wurden. Indem Beedle den jungen Zauberer in dieser Geschichte einen Hexer nennt, deutet er an, dass er in offensiver Magie bereits als außerordentlich begabt anerkannt ist. Heutzutage verwenden Zauberer den Begriff »Hexer« auf zweierlei Art: für einen Zauberer von ungewöhnlich grimmiger Erscheinung oder als Titel, der auf besondere Fähigkeiten oder Leistungen verweist. So war Dumbledore selbst Großhexenmeister des Zaubergamots. JKR]

fühlshaushaltes und der materiellen Besitztümer eines Menschen.

Natürlich zeigt der jahrhundertealte Handel mit Liebestränken, dass unser fiktiver Zauberer wohl kaum der Einzige ist, der den unberechenbaren Gang der Liebe zu steuern begehrt. Die Suche nach einem echten Liebestrank[3] dauert bis auf den heutigen Tag an, aber es wurde noch kein derartiges Elixier erzeugt, und führende Zaubertrankmeister bezweifeln, dass das möglich ist.

Der Held dieses Märchens ist aber nicht einmal an einem Trugbild der Liebe interessiert, das er nach Belieben schaffen oder zerstören kann. Er will sich niemals anstecken mit etwas, das er für eine Art Krankheit hält, und vollzieht daher einen Akt schwarzer

3 Hector Dagworth-Granger, der Gründer der Extraordinären Zunft der Trankmeister, erklärt: »Der geschickte Trankmeister kann starke Schwärmereien herbeiführen, doch es ist noch niemandem gelungen, die wahrhaft unverbrüchliche, ewige, bedingungslose Zuneigung zu erzeugen, die allein Liebe genannt werden kann.«

Magie, der außerhalb eines Märchenbuchs nicht möglich wäre: Er schließt sein eigenes Herz weg.

Viele Autoren haben auf die Ähnlichkeit dieser Tat mit der Erzeugung eines Horkruxes hingewiesen. Obgleich Beedles Held nicht danach strebt, dem Tod zu entrinnen, trennt er, was zweifellos nicht getrennt werden sollte – hier sind es Körper und Herz, nicht Körper und Seele –, und indem er dies tut, gerät er mit dem ersten von Adalbert Schwahfels Grundgesetzen der Magie in Konflikt:

> *Rühre nur dann an die tiefsten Geheimnisse – den Ursprung des Lebens, das Wesen des Selbst –, wenn du bereit bist, Folgen von äußerst schwer wiegender und gefährlicher Art auf dich zu nehmen.*

Und tatsächlich, mit seinem Streben, übermenschlich zu werden, macht dieser vermessene junge Mann sich selbst menschenunähnlich. Das Herz, das er weggeschlossen hat, vertrocknet langsam, und es wachsen ihm Haare, was sein eigenes Absinken ins Viehische versinnbildlicht. Am Ende ist er nichts weiter als ein grausames Tier, das sich gewaltsam nimmt, was es haben will, und er stirbt bei dem aussichtslosen Versuch, zurückzugewinnen, was nun auf immer unerreichbar für ihn ist – ein menschliches Herz.

Die Redewendung »ein haariges Herz haben« ist zwar etwas veraltet, hat jedoch Eingang in die Alltagssprache der Zauberer gefunden und bezeichnet kalte oder gefühllose Hexen oder Zauberer. Meine unverheiratete Tante Honoria behauptete stets, dass sie ihre Verlobung mit einem Zauberer aus der Abteilung für unbefugte Zauberei abgesagt habe, weil sie rechtzeitig erkannt habe, dass »er ein haariges Herz hatte«. (Allerdings ging das Gerücht, wonach sie ihn in Wahrheit dabei entdeckte, wie er ein paar Horklumpe[4]

4 Horklumpe sind rosafarbene, borstige pilzartige Wesen. Es ist sehr schwer nachzuvollziehen, weshalb irgendjemand den Wunsch verspüren sollte, sie zu streicheln. Für weitere Informationen siehe *Phantastische Tierwesen und wo sie zu finden sind.*

streichelte, was sie äußerst schockierend fand.) In jüngster Zeit stürmte das Selbsthilfebuch *Das haarige Herz: Wenn Zauberer sich nicht binden wollen*[5] die Bestsellerlisten.

5 Nicht zu verwechseln mit *Haarige Schnauze, menschliches Herz,* einem herzergreifenden Bericht über den Kampf eines Mannes mit der Lykanthropie.

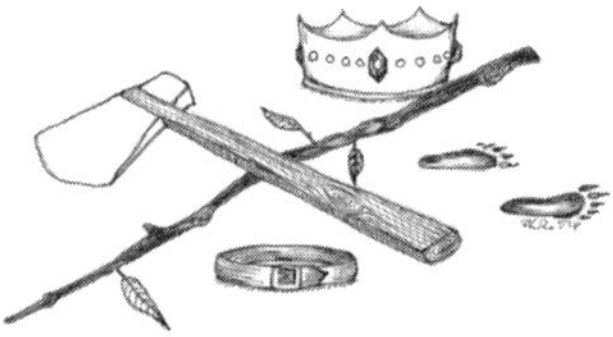

4

Babbitty Rabbitty und der gackernde Baumstumpf

Vor langer Zeit lebte in einem fernen Land ein törichter König, der beschloss, dass er alleine die Macht der Zauberei besitzen sollte.

Deshalb befahl er dem Anführer seiner Armee, eine Brigade von Hexenjägern aufzustellen, die er mit einer Meute blutrünstiger schwarzer Hunde ausstattete. Gleichzeitig ließ der König in jedem Dorf und in jeder Stadt des Landes Proklamationen verlesen: »Vom König wird gesucht: ein Lehrer für Zauberei.«

Keine echte Hexe, kein echter Zauberer wagte es, sich freiwillig für den Posten zu melden, denn sie hielten sich alle vor der Brigade von Hexenjägern versteckt.

Doch ein listiger Scharlatan ohne magische Kraft sah eine Gelegenheit, sich zu bereichern, und er fand sich im Palast ein und behauptete, ein Zauberer von gewaltigen Fähigkeiten zu sein. Der Scharlatan vollführte ein paar einfache Tricks, die den törichten König von seinen magischen Kräften überzeugten, und wurde auf der Stelle zum Obersten Großzauberer, zum persönlichen Zauberlehrer des Königs ernannt.

Der Scharlatan bat den König, ihm einen großen Sack voller Gold zu geben, damit er Zauberstäbe und anderes magisches Handwerkszeug kaufen könne. Er verlangte auch mehrere große Rubine, die bei der Ausübung von Heilzaubern verwendet werden sollten, und ein oder zwei Silberkelche zur Aufbewahrung und Reifung von Zaubertränken. All diese Dinge beschaffte ihm der törichte König.

Der Scharlatan verstaute den Schatz sicher in seinem eigenen Haus und kehrte zu den Palastgründen zurück.

Er wusste nicht, dass er von einer alten Frau beobachtet wurde, die in einer Hütte am Rande des Schlossparks wohnte. Ihr Name war Babbitty, und sie war die Waschfrau, die dafür sorgte, dass die Wäsche des Palastes immer weich, wohlriechend und weiß war. Als Babbitty hinter ihren trocknenden Laken hervorlugte, sah sie, wie der Scharlatan zwei Zweige von einem der Bäume des Königs abbrach und im Palast verschwand.

Der Scharlatan gab dem König einen der Zweige und versicherte ihm, es sei ein Zauberstab von ungeheurer Macht.

»Er wird jedoch nur seinen Dienst tun«, sagte der Scharlatan, »wenn Ihr seiner würdig seid.«

Jeden Morgen gingen der Scharlatan und der törichte König hinaus in den Schlosspark, wo sie ihre Zauberstäbe schwangen und unsinniges Zeug in den Himmel schrien. Der Scharlatan war sorgsam darauf bedacht, weitere Tricks zu vollführen, damit der König keine Zweifel an den Fähigkeiten seines Großzauberers hegte und an der Macht der Zauberstäbe, die so viel Gold gekostet hatten.

Eines Morgens, als der Scharlatan und der törichte König ihre Zweige herumwirbelten und im Kreis hüpften und sinnlose Reime sangen, drang ein lautes gackerndes Lachen an des Königs Ohr. Babbitty, die Waschfrau, beobachtete den König und den Scharlatan vom Fenster ihres Häuschens aus und lachte so heftig, dass sie, zu schwach zum Stehen, bald umsank und den Blicken entschwand.

»Ich muss höchst würdelos aussehen, dass ich das alte Waschweib so zum Lachen bringe!«, sagte der König. Er hörte auf zu hüpfen und seinen Zweig herumzuwirbeln und runzelte die Stirn. »Ich bin des Übens langsam müde! Wann werde ich so weit sein, dass ich meinen Untertanen echte Magie vorführen kann, Zauberer?«

Der Scharlatan versuchte seinen Schüler zu beruhigen und versicherte ihm, dass er bald zu erstaunlichen Meisterstücken der Magie fähig sein werde, doch Babbittys Gackern hatte den törichten König stärker getroffen, als der Scharlatan wusste.

»Morgen«, sagte der König, »werden wir unseren Hofstaat einladen, seinem König beim Zaubern zuzusehen!«

Der Scharlatan erkannte, dass es an der Zeit war, seinen Schatz an sich zu nehmen und zu fliehen.

»O weh, Eure Majestät, das ist nicht möglich! Ich hatte vergessen, Eurer Majestät mitzuteilen, dass ich mich morgen auf eine lange Reise begeben muss –«

»Wenn du diesen Palast ohne meine Erlaubnis verlässt, Zauberer, wird meine Brigade von Hexenjägern dich mit ihren Hunden zur Strecke bringen! Morgen früh wirst du mir behilflich sein, wenn ich zum Ergötzen meiner Edelleute zaubere, und sollte jemand mich auslachen, werde ich dich köpfen lassen!«

Der König stürzte zurück in den Palast, und der Scharlatan blieb allein und voll Furcht zurück. Seine ganze Listigkeit konnte ihn jetzt nicht retten, denn davonlaufen konnte er nicht, noch konnte er dem König beim Zaubern helfen, das keiner von beiden beherrschte.

Auf der Suche nach jemand, an dem er seine Angst und Wut auslassen konnte, trat der Scharlatan an das Fenster von Babbitty, der Waschfrau. Er spähte hinein und sah die kleine alte Frau an ihrem Tisch sitzen und einen Zauberstab polieren. In einer Ecke hinter ihr wuschen sich die Bettlaken des Königs von selbst in einer Holzwanne.

Der Scharlatan begriff sofort, dass Babbitty eine echte Hexe war und dass sie, die ihn in diese entsetzlichen Schwierigkeiten gebracht hatte, ihm auch wieder heraushelfen konnte.

»Weib!«, brüllte der Scharlatan. »Dein Gackern ist mich teuer zu stehen gekommen! Wenn du mir nicht hilfst, werde ich dich als Hexe anprangern, und dann wirst du diejenige sein, die von den Hunden des Königs zerfetzt wird!«

Die gute Babbitty lächelte dem Scharlatan zu und versicherte ihm, dass sie alles in ihrer Macht Stehende tun werde, um ihm zu helfen.

Der Scharlatan wies sie an, sich in einem Busch zu verstecken, während der König seine magische Vorstellung gab, und die königlichen Zauber ohne sein Wissen für ihn auszuführen. Babbitty stimmte dem Plan zu, stellte aber eine Frage.

»Was ist, mein Herr, wenn der König sich an einem Zauber versucht, den Babbitty nicht ausführen kann?«

Der Scharlatan spottete.

»Deine Magie ist der Einbildungskraft dieses Dummkopfs mehr als ebenbürtig«, versicherte er ihr, und hochzufrieden mit seiner eigenen Schlauheit zog er sich ins Schloss zurück.

Am nächsten Morgen versammelten sich alle Edelmänner und Edelfrauen des Königreichs im Schlosspark. Der König stieg auf eine Bühne vor ihnen, den Scharlatan an seiner Seite.

»Zuerst werde ich den Hut dieser Dame verschwinden lassen!«, rief der König und richtete seinen Zweig auf eine Edelfrau.

Aus einem nahen Busch heraus richtete Babbitty ihren Zauberstab auf den Hut und ließ ihn verschwinden. Groß waren das Erstaunen und die Bewunderung der Menge, und ihr Applaus für den überglücklichen König war laut.

»Als Nächstes werde ich dieses Pferd fliegen lassen!«, rief der König und richtete seinen Zweig auf sein eigenes Ross.

Aus dem Busch heraus richtete Babbitty ihren Zauberstab auf das Pferd und es stieg hoch in die Luft.

Die Menge war noch erregter und verblüffter und bekundete ihrem Zauberkönig tosend ihre Anerkennung.

»Und jetzt«, sagte der König, während er auf der Suche nach einer Idee ringsumher sah; da stürmte der Hauptmann seiner Brigade von Hexenjägern vor.

»Eure Majestät«, sagte der Hauptmann, »just heute Morgen ist Saber gestorben, weil er einen Giftpilz gefressen hat! Macht ihn wieder lebendig, Eure Majestät, mit Eurem Zauberstab!«

Und der Hauptmann hievte den leblosen Körper des größten der Hexenjagdhunde auf die Bühne.

Der törichte König schwang seinen Zweig und richtete ihn auf den toten Hund. Doch im Busch lächelte Babbitty und machte sich nicht die Mühe, ihren Zauberstab zu heben, denn kein Zauber kann die Toten auferwecken.

Als der Hund sich nicht rührte, begannen die Leute zuerst zu tuscheln und dann zu lachen. Sie hatten den Verdacht, dass die ersten beiden Meisterstücke des Königs im Grunde nur Tricks gewesen waren.

»Warum geht es nicht?«, schrie der König den Scharlatan an, der sich der einzigen List besann, die ihm noch blieb.

»Dort, Eure Majestät, dort!«, rief er und deutete auf den Busch, in dem Babbitty versteckt saß. »Ich sehe sie deutlich, eine niederträchtige Hexe, die Eure Zauber mit ihren eigenen, bösen Flüchen blockiert! Ergreift sie, jemand muss sie ergreifen!«

Babbitty floh aus dem Busch, worauf die Brigade von Hexenjägern die Verfolgung aufnahm und die Hunde von der Leine ließ, die nach Babbittys Blut lechzten. Doch dann erreichte die kleine Hexe eine niedrige Hecke und war nicht mehr zu sehen, und als der König, der Scharlatan und alle Höflinge zur anderen Seite der Hecke gelangten, fanden sie die Meute der Hexenjagdhunde bellend und scharrend rund um einen schiefen alten Baum herum.

»Sie hat sich in einen Baum verwandelt!«, schrie der Scharlatan, und aus Angst, dass Babbitty sich in eine Frau zurückverwandeln und ihn anprangern könnte, fügte er hinzu: »Hackt sie nieder, Eure Majestät, so geht man mit bösen Hexen um!«

Sofort wurde eine Axt gebracht, und unter lauten Beifallsrufen der Höflinge und des Scharlatans wurde der alte Baum gefällt.

Doch als sie sich aufmachten, um zum Palast zurückzukehren, ließ ein lautes Gackern sie plötzlich innehalten.

»Narren!«, rief Babbittys Stimme von dem Baumstumpf her, den sie zurückgelassen hatten.

»Hexen und Zauberer können nicht getötet werden, indem man sie entzweihackt! Wenn ihr mir nicht glaubt, nehmt die Axt und hackt den Großzauberer mittendurch!«

Der Hauptmann der Brigade von Hexenjägern wollte voll Eifer den Versuch machen, doch als er die

Axt hob, sank der Scharlatan auf die Knie, bat schreiend um Gnade und gestand all seine bösen Taten. Als der Scharlatan zu den Kerkern fortgeschleppt wurde, gackerte der Baumstumpf lauter denn je.

»Du hast eine Hexe entzweigehackt und so einen schrecklichen Fluch über dein Königreich heraufbeschworen!«, sagte der Stumpf zu dem schreckensstarren König. »Von nun an wird jeder Schlag, mit dem du meinen magischen Gefährten schadest, wie ein Axthieb in deine eigene Seite sein, bis du dir wünschen wirst, du könntest daran sterben!«

Daraufhin sank auch der König auf die Knie und sagte zu dem Baumstumpf, dass er sogleich eine Proklamation erlassen werde, die alle Hexen und Zauberer des Königreichs schützen und ihnen erlauben werde, in Frieden ihre Magie zu betreiben.

»Sehr gut«, sagte der Baumstumpf, »aber du hast Babbitty noch nicht entschädigt!«

»Alles, alles, was du begehrst!«, rief der törichte König händeringend vor dem Stumpf.

»Du wirst eine Statue von Babbitty auf mir errichten, zum Andenken an deine arme Waschfrau und um dich für immer an deine eigene Torheit zu erinnern!«, sagte der Stumpf.

Der König willigte sofort ein und versprach, den ersten Bildhauer des Landes zu verpflichten und die Statue aus reinem Gold anfertigen zu lassen. Dann kehrten der beschämte König und all seine Edelmänner und Edelfrauen zum Palast zurück, während der Baumstumpf ihnen hinterhergackerte.

Als die Palastgründe wieder verlassen dalagen, wand sich durch ein Loch zwischen den Wurzeln des Baumstumpfs ein dickes altes Kaninchen mit Schnurrhaaren, das einen Zauberstab zwischen die Zähne geklemmt hatte. Babbitty hoppelte aus dem Schlosspark und weit fort, und seither stand eine goldene Statue der Waschfrau auf dem Baumstumpf, und keine Hexe und kein Zauberer wurde im Königreich jemals wieder verfolgt.

Albus Dumbledore zu »Babbitty Rabbitty und der gackernde Baumstumpf«

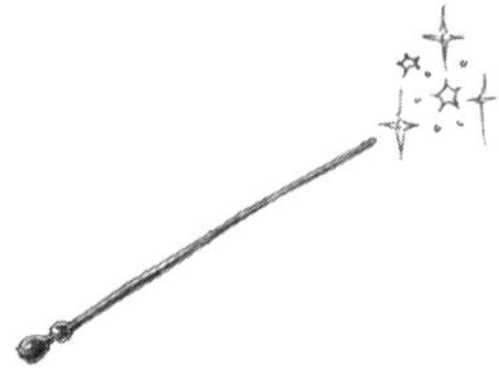

Die Geschichte von »Babbitty Rabbitty und dem gackernden Baumstumpf« ist in vieler Hinsicht die »realistischste« von Beedles Märchen, da die in der Geschichte geschilderte Zauberei weitgehend mit bekannten magischen Gesetzen übereinstimmt.

Durch diese Geschichte erfuhren viele von uns erstmals, dass Zauberei die Toten nicht zurückbringen kann – und die Enttäuschung und der Schock darüber waren groß, wo wir als kleine Kinder doch so überzeugt gewesen waren, dass unsere Eltern imstande sein würden, unsere toten Ratten und Katzen mit einem Schwung ihrer Zauberstäbe wiederzuerwecken. Obwohl rund sechs Jahrhunderte vergangen sind, seit Beedle dieses Märchen niedergeschrieben hat, und obwohl wir uns zahllose Möglichkeiten haben einfallen lassen, die Illusion aufrechtzuerhalten, dass unsere Liebsten immerfort anwesend sind[1], haben Zauberer nach wie vor keinen Weg gefunden, Körper und Seele wiederzuvereinen, sobald der Tod einmal eingetreten ist. Wie der berühmte Zaubereiphilosoph Bertrand de Pensées-Profondes in seinem gefeierten Werk *Eine Studie über die Möglichkeit einer Umkehr der konkreten und metaphysischen Auswirkungen des natürlichen Todes, mit besonderer Berücksichtigung der Reintegration von Wesen und Materie* schreibt: »Lasst es bleiben. Es wird nie klappen.«

In dem Märchen von Babbitty Rabbitty findet sich jedoch eine der ersten literarischen Erwähnungen eines Animagus, denn Babbitty, die Waschfrau, besitzt

1 [Fotos und Porträts von Zauberern bewegen sich und (Letztere) sprechen genau wie ihre Vorbilder. Andere seltene Gegenstände, wie der Spiegel Nerhegeb, können ebenfalls mehr als ein statisches Bild eines verlorenen lieben Menschen zeigen. Gespenster sind durchsichtige, sich bewegende, sprechende und denkende Ausführungen von Zauberern und Hexen, die aus welchem Grund auch immer auf der Erde bleiben wollten. JKR]

die seltene magische Fähigkeit, sich nach Belieben in ein Tier zu verwandeln.

Animagi bilden einen kleinen Bruchteil der Zaubererbevölkerung. Um eine perfekte, natürliche Verwandlung eines Menschen in ein Tier zustande zu bringen, sind intensives Studium und Training erforderlich, und viele Hexen und Zauberer sind der Meinung, dass sie etwas Besseres mit ihrer Zeit anfangen könnten. Sicherlich ist der praktische Nutzen einer solchen Begabung begrenzt, es sei denn, man braucht ganz dringend eine Maske oder ein Versteck. Aus diesem Grund bestand das Zaubereiministerium auf einem Melderegister für Animagi, denn es kann keinen Zweifel geben, dass diese Art von Magie von größtem Nutzen für diejenigen ist, die konspirativen, verdeckten oder gar kriminellen Tätigkeiten nachgehen.[2]

2 [Professor McGonagall, die Schulleiterin von Hogwarts, bat mich, deutlich zu machen, dass sie nur infolge ihrer umfangreichen Forschungsarbeiten in allen Bereichen der Transfiguration ein Animagus wurde und

Ob es jemals eine Waschfrau gab, die sich in ein Kaninchen verwandeln konnte, darf bezweifelt werden; allerdings behaupten manche magischen Historiker, dass Beedle seine Babbitty nach dem Vorbild der berühmten französischen Zauberin Lisette de Lapin gestaltet hat, die 1422 in Paris wegen Hexerei verurteilt wurde. Zum Erstaunen ihrer Muggelwächter, die später vor Gericht kamen, weil sie der Hexe angeblich zur Flucht verholfen hätten, verschwand Lisette in der Nacht, bevor sie hingerichtet werden sollte, aus ihrer Gefängniszelle. Obwohl nie nachgewiesen wurde, dass Lisette ein Animagus war, dem es gelang, sich durch die Gitterstäbe ihres Zellenfensters zu zwängen, sah man anschließend ein großes weißes Kaninchen, das in einem Kessel mit einem daran befestigten Segel den Ärmelkanal überquerte, und ein ähnliches Kaninchen

dass sie ihre Fähigkeit, sich in eine getigerte Katze zu verwandeln, nie für irgendwelche konspirativen Zwecke verwendet hat, abgesehen von legitimen Geschäften im Namen des Phönixordens, bei denen Geheimhaltung und Tarnung zwingend waren. JKR] wurde später ein treuer Berater am Hofe von König Heinrich VI.[3]

Der König in Beedles Geschichte ist ein törichter Muggel, der die Magie sowohl begehrt als auch fürchtet. Er glaubt, dass er ein Zauberer werden kann, indem er einfach Beschwörungsformeln lernt und einen Zauberstab schwingt.[4] Er versteht absolut nichts von der wahren Natur der Magie und der Zauberer, und deshalb schluckt er die absurden Vorschläge sowohl des Scharlatans als auch Babbittys. Das ist sicher charakteristisch für eine spezielle Art von Muggeldenken:

3 Dies mag dazu beigetragen haben, dass der Muggelkönig im Ruf stand, geistig labil zu sein.

4 Wie eingehende Studien der Mysteriumsabteilung bereits 1672 dargelegt haben, werden Zauberer und Hexen geboren und nicht geschaffen. Auch wenn die »wilde« Fähigkeit, zu zaubern, gelegentlich bei Personen von offenbar nichtmagischer Abstammung auftritt (obwohl mehrere spätere Studien darauf hingewiesen haben, dass es im Stammbaum irgendwo eine Hexe oder einen Zauberer gegeben haben muss), können Muggel nicht zaubern. Das Beste – oder Schlimmste –, was sie erhoffen könnten, sind zufällige und unkontrollierbare Effekte, die ein echter Zauberstab verursacht, da er als ein Instrument, das Magie kanalisieren soll, manchmal Restkräfte enthält, die er in unpassenden Momenten entladen kann – siehe auch die Anmerkungen zur Zauberstabkunde bei dem »Märchen von den drei Brüdern«.

In ihrer Unwissenheit sind sie bereit, allerlei Abstruses über die Magie für bare Münze zu nehmen, einschließlich der Behauptung, Babbitty habe sich in einen Baum verwandelt, der weiterhin denken und sprechen könne. (An dieser Stelle ist jedoch erwähnenswert, dass Beedle zwar den Kunstgriff des sprechenden Baums verwendet, um uns zu zeigen, wie unwissend der Muggelkönig ist, aber auch von uns verlangt, dass wir glauben, Babbitty könne sprechen, während sie ein Kaninchen ist. Das mag dichterische Freiheit sein, doch ich halte es für wahrscheinlicher, dass Beedle lediglich von Animagi gehört und nie einen zu Gesicht bekommen hat, denn das ist die einzige Freiheit, die er sich in dieser Geschichte herausnimmt, was die magischen Gesetze betrifft. Animagi behalten, während sie in Tiergestalt sind, das menschliche Sprechvermögen nicht bei, obwohl sie all ihre menschliche Denkfähigkeit und Urteilskraft bewahren. Das ist, wie jedes Schulkind weiß, der wesentliche Unterschied zwischen einem echten Animagus und jemandem, der sich mit einem Verwandlungszauber in ein Tier verwandelt. In letzterem Fall würde man ganz und gar ein Tier werden, folglich keine Magie mehr beherrschen, sich der Tatsache nicht bewusst sein, dass man jemals ein Zauberer war, und jemand anderen benötigen, der einen in die ursprüngliche Gestalt zurückverwandelt.)

Ich halte es für möglich, dass Beedle, als er sich dafür entschied, dass seine Heldin vortäuschen soll, sie habe sich in einen Baum verwandelt, und dass sie dem König mit Schmerzen wie von einem Axthieb in die eigene Seite drohen soll, von echten magischen Traditionen und Bräuchen inspiriert war. Bäume mit Holz in Zauberstabqualität werden seit jeher erbittert von den Zauberstabmachern geschützt, die sie pflegen, und wenn man solche Bäume fällt, um sie zu stehlen, läuft man Gefahr, nicht nur den Groll der Bowtruckles[5] auf sich zu ziehen, die dort normalerweise nisten,

5 Für eine ausführliche Beschreibung dieser merkwürdigen kleinen Baumbewohner siehe *Phantastische Tierwesen und wo sie zu finden sind.*

sondern auch die bösen Auswirkungen irgendeines Schutzzaubers, den ihre Besitzer über sie gelegt haben. Zu Beedles Zeiten war der Cruciatus-Fluch noch nicht vom Zaubereiministerium gesetzlich verboten worden[6] und hätte genau den Schmerz auslösen können, mit dem Babbitty dem König droht.

6 Die Flüche Cruciatus, Imperius und Avada Kedavra wurden 1717 als Unverzeihlich eingestuft, und ihre Verwendung wurde unter strengste Strafe gestellt.

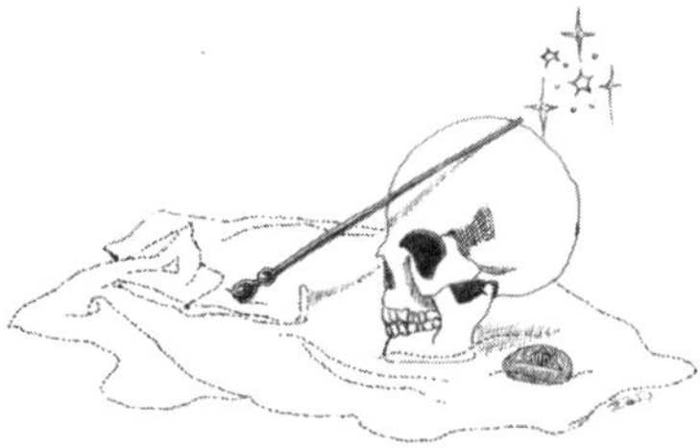

5

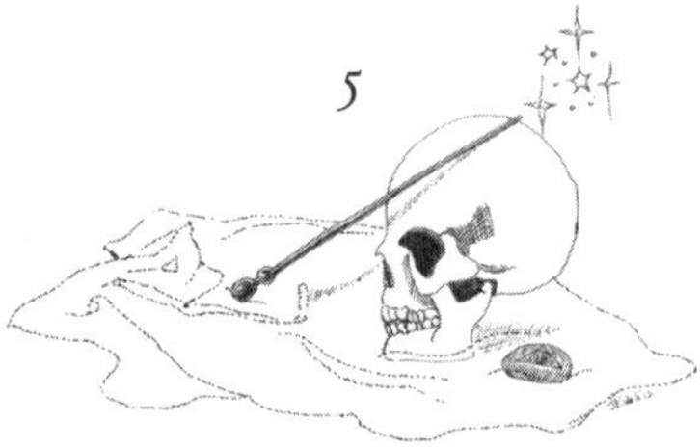

Das Märchen von den drei Brüdern

Es waren einmal drei Brüder, die wanderten auf einer einsamen, gewundenen Straße in der Abenddämmerung dahin. Nach einiger Zeit kamen die drei Brüder zu einem Fluss, der war so tief, dass sie nicht hindurchwaten konnten, und so gefährlich, dass sie nicht ans andere Ufer schwimmen konnten. Doch die Brüder waren der magischen Künste kundig, und so schwangen sie einfach ihre Zauberstäbe und ließen eine Brücke über dem tückischen Wasser erscheinen. Sie hat-

ten die Brücke halb überquert, da trat ihnen eine Kapuzengestalt in den Weg.

Und der Tod sprach zu ihnen. Er war zornig, weil er um drei neue Opfer betrogen worden war, denn für gewöhnlich ertranken Wandersleute in dem Fluss. Doch der Tod war gerissen. Er tat, als würde er den drei Brüdern zu ihrer Zauberkunst gratulieren, und sagte, weil sie so klug gewesen seien, ihm zu entrinnen, verdiene jeder von ihnen einen Lohn.

So verlangte denn der älteste Bruder, der ein kämpferischer Mann war, einen Zauberstab, der mächtiger als alle anderen sein sollte: einen Zauberstab, der seinem Besitzer in jedem Duell zum Sieg verhelfen würde, einen Zauberstab, der eines Zauberers würdig war, der den Tod besiegt hatte! Also ging der Tod zu einem Elderbaum am Ufer des Flusses, formte einen Zauberstab aus einem Zweig, der dort hing, und schenkte ihn dem ältesten Bruder.

Dann beschloss der zweite Bruder, der ein hochmütiger Mann war, den Tod noch mehr zu demütigen, und verlangte nach der Macht, andere aus dem Tod zurückzurufen. Also nahm der Tod einen Stein vom Flussufer und schenkte ihn dem zweiten Bruder, und er sagte ihm, dass der Stein die Macht haben werde, die Toten zurückzuholen.

Und dann fragte der Tod den dritten und jüngsten Bruder nach seinem Wunsch. Der jüngste Bruder war der genügsamste und auch der weiseste der Brüder, und er traute dem Tod nicht. Also bat er um etwas, das es ihm ermöglichen würde, von dannen zu gehen, ohne dass ihn der Tod verfolgte. Und der Tod übergab ihm, höchst widerwillig, seinen eigenen Umhang, der unsichtbar machte.

Nun trat der Tod beiseite und erlaubte den drei Brüdern, ihre Reise fortzusetzen, und dies taten sie und sprachen voller Staunen über das Abenteuer, das sie erlebt hatten, und bewunderten die Geschenke des Todes.

Bald darauf trennten sich die Brüder und ein jeder ging seines Weges.

Der erste Bruder war über eine Woche auf Wanderschaft, als er in ein fernes Dorf gelangte, wo er sich einen anderen Zauberer suchte, mit dem er einen Streit begann. Natürlich konnte er mit dem Elderstab als Waffe in dem Duell, das darauf folgte, nur gewinnen. Der älteste Bruder ließ seinen Gegner tot auf der Erde liegen und begab sich in ein Wirtshaus, wo er lautstark mit dem mächtigen Zauberstab prahlte, den er dem Tod selber entrissen habe und der ihn unbesiegbar mache.

Noch in derselben Nacht schlich sich ein anderer Zauberer an den ältesten Bruder heran, der trunken vom Wein auf seinem Bett lag. Der Dieb nahm den Zauberstab und schnitt dem ältesten Bruder obendrein die Kehle durch.

Und so machte der Tod sich den ersten Bruder zu eigen.

Unterdessen wanderte der zweite Bruder nach Hause, wo er allein lebte. Hier nahm er den Stein hervor, der die Macht hatte, die Toten zurückzurufen, und drehte ihn drei Mal in der Hand. Zu seiner Verwunderung und Freude erschien vor ihm sogleich die Gestalt jenes Mädchens, das er einst hatte heiraten wollen, ehe sie vorzeitig gestorben war.

Doch sie war stumm und kühl, wie durch einen Schleier von ihm getrennt. Obgleich sie in die Welt der Sterblichen zurückgekehrt war, gehörte sie in Wahrheit nicht dorthin und litt. Schließlich wurde der zweite Bruder wahnsinnig vor unerfüllbarer Sehnsucht, und er tötete sich, um wirklich bei ihr zu sein.

Und so machte der Tod sich den zweiten Bruder zu eigen.

Doch obwohl der Tod viele Jahre lang nach dem dritten Bruder suchte, konnte er ihn niemals finden. Erst als der jüngste Bruder ein hohes Alter erreicht hatte, legte er schließlich den Umhang ab, der unsichtbar machte, und schenkte ihn seinem Sohn. Und dann hieß er den Tod als alten Freund willkommen und ging freudig mit ihm, und ebenbürtig verließen sie dieses Leben.

Albus Dumbledore zu »Das Märchen von den drei Brüdern«

Als ich ein kleiner Junge war, machte diese Geschichte einen tiefen Eindruck auf mich. Ich hörte sie erstmals von meiner Mutter, und sie sollte bald zu dem Märchen werden, das ich zur Schlafenszeit öfter als alle anderen begehrte. Das führte häufig zum Streit mit meinem jüngeren Bruder Aberforth, dessen Lieblingsgeschichte »Zicke, die zottlige Ziege« war.

Die Moral des »Märchens von den drei Brüdern« könnte gar nicht klarer sein: Menschliche Bemühungen, dem Tod zu entgehen oder ihn zu überwinden, führen zwangsläufig zu Enttäuschung. Der dritte Bruder in der Geschichte (»der genügsamste und auch der weiseste«) ist der einzige, der begreift, dass er, nachdem er dem Tod ein Mal knapp entronnen ist, bestenfalls hoffen kann, die nächste Begegnung mit ihm so lange wie möglich hinauszuzögern. Dieser jüngste Bruder weiß, dass den Tod zu verhöhnen – indem man sich wie der erste Bruder auf Gewalt einlässt oder wie der zweite Bruder auf die düstere Kunst der Nekromantik[1] – nichts anderes bedeutet, als sich einem gewieften Feind entgegenzustellen, der nie verlieren kann.

Ironischerweise hat sich rund um diese Geschichte eine seltsame Legende entwickelt, die der Botschaft des Originals genau widerspricht. Dieser Legende zufolge sind die Geschenke, die der Tod den Brüdern gibt – ein unbesiegbarer Zauberstab, ein Stein, der die Toten zurückholen kann, und ein Tarnumhang, der ewig hält –, echte Gegenstände, die in der realen Welt existieren. Die Legende geht noch weiter: Sollte irgendjemand in den rechtmäßigen Be-

1 [Nekromantik ist die dunkle Kunst der Auferweckung der Toten. Sie ist ein Zweig der Magie, der niemals funktioniert hat, wie diese Geschichte deutlich macht. JKR]

sitz aller drei Gegenstände kommen, dann wird er oder sie zum »Gebieter des Todes«, was für gewöhnlich so verstanden wurde, dass diese Person unverwundbar, ja sogar unsterblich sein wird.

Wir mögen, ein wenig traurig, darüber lächeln, was uns dies über die menschliche Natur verrät. Die freundlichste Auslegung wäre: »Hoffnung entspringt ewig«.[2] Obwohl laut Beedle zwei der drei Gegenstände äußerst gefährlich sind und trotz der deutlichen Botschaft, dass der Tod uns am Ende alle holt, glaubt eine kleine Minderheit in der Zauberergemeinschaft beharrlich, dass Beedle ihnen eine verschlüsselte Botschaft geschickt hat, die das genaue Gegenteil der mit Tinte aufgezeichneten besagt, und dass nur sie klug genug seien, diese zu verstehen.

Ihre Theorie (oder vielleicht wäre der Ausdruck »verzweifelte Hoffnung« treffender) kann sich auf we-

2 [Dieses Zitat beweist, dass Albus Dumbledore nicht nur außerordentlich gut in der Zaubererliteratur bewandert, sondern auch mit den Werken des Muggeldichters Alexander Pope vertraut war. JKR]

nige konkrete Anhaltspunkte stützen. Echte Tarnumhänge gibt es in unserer Welt, auch wenn sie selten sind; allerdings macht die Geschichte deutlich, dass der Umhang des Todes von besonders haltbarer Qualität ist.[3] In all den Jahrhunderten, die seit Beedles Zeiten vergangen sind, hat nie jemand behauptet, den Umhang des Todes gefunden zu haben. Das wird von wahrhaft Überzeugten folgendermaßen wegdiskutiert: Entweder wissen die Nachkommen des dritten Bruders nicht, woher ihr Tarnumhang kam, oder sie wissen es und haben beschlossen, sich ebenso weise wie ihr Vorfahr zu zeigen und diese Tatsache nicht auszuposaunen.

3 [Tarnumhänge sind im Allgemeinen nicht unfehlbar. Sie können reißen oder mit zunehmendem Alter undurchsichtig werden, oder die auf ihnen liegenden Zauber können nachlassen oder mit Enthüllungszaubern bekämpft werden. Deshalb verwenden Hexen und Zauberer meist in erster Linie Desillusionierungszauber, um sich selbst zu tarnen oder zu verbergen. Albus Dumbledore war bekanntermaßen in der Lage, einen so mächtigen Desillusionierungszauber auszuführen, dass er sich unsichtbar machen konnte, ohne einen Tarnumhang zu benötigen. JKR]

Selbstverständlich wurde auch der Stein nie gefunden. Wie ich bereits im Kommentar zu »Babbitty Rabbitty und der gackernde Baumstumpf« bemerkt habe, sind wir nach wie vor nicht imstande, die Toten zu erwecken, und alles spricht dafür, dass dies wohl nie der Fall sein wird. Natürlich haben sich schwarze Magier an abscheulichem Ersatz dafür versucht, indem sie Inferi[4] erzeugten, doch das sind gespenstische Marionetten, nicht richtig wiederbelebte Menschen. Darüber hinaus erwähnt Beedles Geschichte ganz eindeutig die Tatsache, dass die verlorene Liebste des zweiten Bruders nicht wirklich von den Toten zurückgekehrt ist. Der Tod hat sie geschickt, um den zweiten Bruder in seine Klauen zu locken, und deshalb ist sie kalt und unnahbar, qualvollerweise anwesend und abwesend zugleich.[5]

4 [Inferi sind Leichen, die durch schwarze Magie reanimiert wurden. JKR]

5 Viele Kritiker glauben, dass Beedle, als er diesen Stein erfand, der die Toten auferwecken kann, vom Stein der Weisen inspiriert war, aus dem das Lebenselixier gewonnen wird, das zur Unsterblichkeit führt.

Nun bleibt uns nur noch der Zauberstab, und hier haben diejenigen, die hartnäckig an Beedles verborgene Botschaft glauben, wenigstens ein paar historische Anhaltspunkte, um ihre abenteuerlichen Behauptungen zu untermauern. Denn es ist tatsächlich so – sei es, weil sie sich selbst gerne verklärten, oder um mögliche Angreifer einzuschüchtern, oder weil sie wahrhaftig glaubten, was sie sagten –, dass im Lauf der Jahrhunderte immer wieder Zauberer behauptet haben, einen Zauberstab zu besitzen, der mächtiger sei als ein gewöhnlicher, ja sogar, dass ihr Zauberstab »unbesiegbar« sei. Manche dieser Zauberer gingen so weit, zu behaupten, ihr Zauberstab sei aus Elderbaum gemacht, wie der Stab, den angeblich der Tod angefertigt hat. Solche Zauberstäbe bekamen viele Namen, etwa »der Zauberstab des Schicksals« und »der Todesstab«.

Es ist wenig überraschend, dass sich uralter Aberglaube um unsere Zauberstäbe rankt, die immerhin unsere wichtigsten magischen Werkzeuge und Waffen sind. Bestimmte Zauberstäbe (und folglich auch ihre Besitzer) passen angeblich nicht zusammen:

Ist von Stechpalme ihr Stab und seiner eichen,
müssen beide vor törichter Hochzeit weichen.

Oder sollen Charakterfehler des Besitzers anzeigen:

Die Vogelbeere schwatzt, die Kastanie dröhnt,
die Esche ist stur, die Haselnuss stöhnt.

Und tatsächlich finden wir in dieser Kategorie zweifelhafter Sprichwörter auch:

Hast du einen Elderstab, hast du niemals Glück.

Sei es, weil der Tod in Beedles Geschichte den fiktiven Zauberstab aus Elderbaum fertigt, oder weil machthungrige oder gewalttätige Zauberer beharrlich behauptet haben, ihre Zauberstäbe seien aus Elderbaum, dies ist jedenfalls kein Holz, das bei Zauberstabmachern sonderlich beliebt ist.

Der erste gut nachweisbare Zauberstab, der aus Elderbaum war und besonders starke und gefährliche Kräfte hatte, gehörte Emmerich, gemeinhin »der Böse« genannt, einem kurzlebigen, aber außergewöhnlich streitlustigen Zauberer, der im frühen Mittelalter den Süden Englands in Angst und Schrecken versetzte. Er starb, wie er gelebt hatte, in einem erbitterten Duell mit einem Zauberer namens Egbert. Was aus Egbert wurde, ist nicht bekannt, allerdings war die Lebenserwartung mittelalterlicher Duellanten normalerweise gering. In den Zeiten bevor es ein Zaubereiministerium gab, das die Verwendung von schwarzer Magic regulierte, ging ein Duell meistens tödlich aus.

Ein ganzes Jahrhundert später brachte ein weiterer unangenehmer Mensch, diesmal namens Godelot, das Studium der schwarzen Magie voran, indem er eine Sammlung gefährlicher Zaubersprüche verfasste, mit Hilfe eines Zauberstabs, den er in seinem Notizbuch beschreibt als »mein gar verruchter und hinterhältger Kumpan, mit Corpus aus Ellhorn[6], der gar böser Zauberey Wege kennt«. (*Gar böse Zauberey* wurde der Titel von Godelots Meisterwerk.)

Wie ersichtlich, betrachtet Godelot seinen Zauberstab als Gefährten, fast als Lehrer. Wer in Zauberstabkunde bewandert ist,[7] wird mir beipflichten, dass Zauberstäbe in der Tat das Sachwissen derjenigen in sich aufnehmen, die sie benutzen, doch das ist eine schwer einschätzbare und unvollkommene Angelegenheit; man muss alle möglichen zusätzlichen Faktoren berücksichtigen, etwa die Beziehung zwischen dem Zauberstab und dem Nutzer, um zu verstehen, wie viel er möglicherweise mit einem bestimmten Individuum zusammen leistet. Trotzdem hätte ein hypothetischer Zauberstab, der durch die Hände vieler schwarzer Magier gegangen wäre, wahrscheinlich zu-

6 Ein alter Name für »Elderbaum«.

7 Wie ich selbst.

mindest eine auffällige Neigung zu den gefährlichsten Spielarten der Zauberei.

Die meisten Hexen und Zauberer mögen den Zauberstab, der sie »ausgesucht« hat, lieber als irgendeinen Zauberstab aus zweiter Hand, gerade weil Letzterer wahrscheinlich Gewohnheiten von seinem Vorbesitzer angenommen hat, die möglicherweise nicht mit dem Zauberstil des neuen Nutzers vereinbar sind. Der gängige Brauch, den Zauberstab mit seinem Besitzer zu begraben (oder zu verbrennen), sobald er oder sie gestorben ist, verhindert meist ebenfalls, dass ein einzelner Zauberstab von zu vielen Gebietern lernt. Elderstabgläubige sind jedoch der Ansicht, dass der Elderstab wegen der Art und Weise, wie er seine Treue stets von einem auf den anderen Besitzer übertrug – der nächste Gebieter besiegte den vorigen für gewöhnlich, indem er ihn tötete –, niemals zerstört oder begraben wurde, sondern überdauert hat und weit über das normale Maß hinaus Weisheit, Kraft und Macht angesammelt hat.

Über Godelot weiß man, dass er in seinem eigenen Keller starb, wo er von seinem verrückten Sohn Hereward eingeschlossen wurde. Wir müssen davon ausgehen, dass Hereward den Zauberstab seines Vaters an sich nahm, sonst hätte dieser fliehen können, doch was Hereward danach mit dem Zauberstab tat, können wir nicht zuverlässig sagen. Sicher ist nur, dass ein Zauberstab, der von seinem Besitzer, Barnabas Deverill, »der Eldrun[8]-Stab« genannt wurde, im frühen achtzehnten Jahrhundert auftauchte und dass Deverill ihn benutzte, um sich selbst einen Ruf als furchterregender Hexer zu verschaffen, bis der ebenso berüchtigte Loxias seine Schreckensherrschaft beendete, der den Zauberstab nahm, ihn in »der Todesstab« umbenannte und mit seiner Hilfe jedem, der ihm missfiel, den Garaus machte. Der späteren Geschichte von Loxias' Zauberstab nachzugehen ist schwierig, da viele behaup-

8 Ebenfalls ein alter Name für »Elderbaum«.

teten, Loxias erledigt zu haben, einschließlich seiner eigenen Mutter.

Was jede intelligente Hexe und jeden intelligenten Zauberer beim Studium der so genannten Geschichte des Elderstabs verblüffen muss, ist die Tatsache, dass jeder Mann, der behauptete, ihn zu besitzen,[9] darauf beharrte, er sei »unbesiegbar«, obwohl die bekannten Fakten über seinen Weg durch die Hände vieler Besitzer beweisen, dass er nicht nur Hunderte Male besiegt wurde, sondern auch Ärger anzieht, wie Zicke, die zottlige Ziege, Fliegen anzog. Letztendlich bestätigt die Suche nach dem Elderstab nur eine Beobachtung, die ich im Laufe meines langen Lebens viele Male machen konnte: dass Menschen ein besonderes Geschick dafür haben, sich genau die Dinge auszusuchen, die am schlechtesten für sie sind.

Aber wer von uns hätte die Weisheit des dritten Bruders an den Tag gelegt, wenn man ihm angeboten

9 Keine Hexe hat je behauptet, den Elderstab zu besitzen. Man möge darüber denken, was man will.

hätte, aus den Gaben des Todes frei auszuwählen? Zauberer wie Muggel sind von Machtgier durchdrungen; wie viele würden dem »Zauberstab des Schicksals« widerstehen? Welcher Mensch, der jemanden, den er liebte, verloren hat, könnte der Versuchung vom Stein der Auferstehung standhalten? Selbst ich, Albus Dumbledore, fände es am leichtesten, den Tarnumhang abzulehnen; was nur zeigt, dass ich, klug, wie ich bin, ein ebenso großer Narr bleibe wie jeder andere.

children's
HIGH LEVEL GROUP
health. education. welfare.

Liebe Leserinnen und Leser,

herzlichen Dank dafür, dass Sie dieses einzigartige und besondere Buch gekauft haben. Ich möchte diese Gelegenheit nutzen, um zu erklären, wie Ihre Unterstützung uns helfen wird, das Leben sehr vieler schutzbedürftiger Kinder entscheidend zu verändern.

Über eine Million Kinder in ganz Europa leben in großen Heimen. Entgegen der weit verbreiteten Annahme sind die meisten von ihnen *keine* Waisen, sondern deshalb in Obhut, weil ihre Familien arm oder behindert sind oder ethnischen Minderheiten angehören. Viele dieser Kinder haben Krankheiten und Behinderungen, bleiben jedoch häufig ohne medizinische Betreuung und ohne Ausbildung. In manchen Fällen bekommen sie nicht einmal das Nötigste zum Leben, etwa ausreichend Nahrung. Fast immer fehlt ihnen menschliche und emotionale Zuwendung und Anregung.

Um das Leben von Kindern, die in Heimen untergebracht und ausgegrenzt sind, zu verändern und dafür Sorge zu tragen, dass künftigen Generationen kein solches Leid mehr geschieht, haben Joanne K. Rowling und ich 2005 die Wohltätigkeitsorganisation »Children's High Level Group« (CHLG) gegründet. Wir wollten diesen verlassenen Kindern eine Stimme geben: damit ihre Geschichten gehört werden.

Die CHLG möchte der Unterbringung in großen Kinderheimen ein Ende bereiten und den Kindern ein Leben mit Familien ermöglichen – mit ihren eigenen, mit Pflege- oder Adoptiveltern aus dem jeweiligen Land – oder in Heimen mit kleinen Gruppen.

Unsere Kampagne hilft jährlich etwa einer Viertelmillion Kindern. Wir finanzieren ein engagiertes, unabhängiges Sorgentelefon für Kinder, das jedes Jahr Hunderttausenden von Kindern Unterstützung und Informationen bietet. Wir sind außerdem im Bildungsbereich tätig, etwa beim »Community Action«-Projekt, in dem junge Menschen aus regulären Schulen mit besonders bedürftigen Heimkindern zusammenarbeiten; und bei »Edelweiss«, das jungen Menschen, die ausgegrenzt werden und in Heimen untergebracht sind, die Möglichkeit gibt, sich durch ihre schöpferischen Talente auszudrücken. Und in Rumänien hat die CHLG einen nationalen Kinderrat eingerichtet, der die Rechte von Kindern vertritt und es ihnen erlaubt, ihre eigenen Erfahrungen zur Sprache zu bringen.

Aber unsere Reichweite ist begrenzt. Wir brauchen finanzielle Mittel, um unsere Arbeit auszubauen und andernorts zu wiederholen, um in weiteren Ländern Fuß zu fassen und noch mehr Kindern zu helfen, die in so furchtbarer Not sind.

Die CHLG ist unter den Nichtregierungsorganisationen auf diesem Gebiet einmalig in ihrer Art, da sie mit Regierungen und staatlichen Institutionen zusammenarbeitet, mit Bürgern, Fachleuten und ehrenamtlich geführten Einrichtungen ebenso wie mit praktischen Dienstleistern vor Ort.

Ein Ziel der CHLG ist die vollständige Umsetzung der Kinderrechtskonvention der Vereinten Nationen in ganz Europa und schließlich weltweit. In nur zwei Jahren haben wir bereits Regierungen bei der Entwicklung von Strategien unterstützt, die verhindern sollen, dass Säuglinge in Krankenhäusern ausgesetzt werden, und eine bessere Betreuung von Kindern mit Krankheiten und Behinderungen gewährleisten, außerdem haben wir ein Handbuch der besten Verfahren zur Deinstitutionalisierung erarbeitet.

Wir sind Ihnen aufrichtig dankbar dafür, dass Sie uns durch den Kauf dieses Buches unterstützen. Diese dringend benötigten Gelder werden es der CHLG ermöglichen, ihre Tätigkeit fortzusetzen und vielen Hunderttausend weiteren Kindern die Chance auf ein menschenwürdiges und gesundes Leben zu bieten.

Wenn Sie mehr über uns erfahren und sich weiter engagieren wollen, besuchen Sie bitte unsere Website: www.chlg.org.

Danke,

Baroness Nicholson of Winterbourne MEP
Kovorsitzende der CHLG